U0732667

共和国的历程

不负重托

志愿军归国代表团向祖国人民汇报

李　勇　编写

蓝天出版社　　吉林出版集团有限责任公司

图书在版编目（CIP）数据

不负重托：志愿军归国代表团向祖国人民汇报 / 李勇编写.
—北京：蓝天出版社，2014. 1（2023.3重印）
（共和国的历程）
ISBN 978-7-5094-1093-6

Ⅰ．①不… Ⅱ．①李… Ⅲ．①革命故事－作品集－中国－当代 Ⅳ.
①I247. 8

中国版本图书馆 CIP 数据核字（2013）第 305413 号

不负重托——志愿军归国代表团向祖国人民汇报
编　　写：李　勇
策　　划：金永吉　荆忠峰
责任编辑：祖　航　孔庆春
出版发行：蓝天出版社　吉林出版集团有限责任公司
地　　址：北京市复兴路 14 号
邮　　编：100843
电　　话：010—66983715
经　　销：全国新华书店
印　　刷：北京柏玉景印刷制品有限公司
开　　本：710mm×1000mm　1/16
字　　数：69 千
印　　张：8
版　　次：2014 年 4 月第 1 版
印　　次：2023 年 3 月第 3 次
定　　价：29.80 元

版权所有　翻印必究　如有印装质量问题，请寄本社退换

前　言

　　中华人民共和国自 1949 年 10 月 1 日成立以来，已走过了六十多年的风雨历程。历史是一面镜子，我们可以从多视角、多侧面对其进行解读。然而有一点是可以肯定的，那就是，半个多世纪以来，在中国共产党的领导下，中国的政治、经济、军事、外交、文化、教育、科技、社会、民生等领域，都发生了深刻的变化，中国人民站起来了，中华民族已屹立于世界民族之林。

　　这段时间放到整个历史长河中是短暂的，有如弹指一挥间，但它带给中国的却是极不平凡的。六十多年里神州大地经历了沧桑巨变。从开国大典到 60 年国庆盛典，从经济战线上的三大战役到经济总量居世界前列，从对农业、手工业、资本主义工商业的三大改造到社会主义市场经济体制的基本确立，从宜将剩勇追穷寇到建立了强大的国防军，从废除一切不平等条约到独立自主的和平外交政策，从"双百"方针到体制改革后的文化事业欣欣向荣，从扫除文盲到实施科教兴国战略建设新型国家，从翻身解放到实现小康社会，凡此种种，中国人民在每个领域无不留下发展的足迹，写就不朽的诗篇。

　　六十几年在历史的长河中犹如沧海一粟，但对身处其间的个人却是并非无足轻重的。其间究竟发生了些什么，怎样发生的，过程怎样，结果如何，非人人都清楚知道的。对此，亲身经历者或可鲜活如昨，但对后来者却可能只是一个概念，对某段历史的记忆影像或不存在或是模糊的。基于此，为了让年轻人，特别是青少年永远铭记共和国这段不朽的历史，我们推出了这套《共和国的历程》。

《共和国的历程》虽为故事形式，但与戏说无关，我们是想借助通俗、富于感染力的文字记录这段历史。这套丛书汇集了在共和国历史上具有深刻影响的重大历史事件。在丛书的谋篇布局上，我们尽量选取各个时代具有代表性的或深具普遍意义的若干事件加以叙述，使其能反映共和国发展的全景和脉络。为了使题目的设置不至于因大而空，我们着眼于每一重大历史事件的缘起、过程、结局、时间、地点、人物等，抓住点滴和些许小事，力求通透。

历史是复杂的，事态的发展因素也是多方面的。由于叙述者的视角、文化构成不同，对事件的认知或有不足，但这不会影响我们对整个历史事件的判断和思考，至于它能否清晰地表达出我们编辑这套书的本意，那只能交给读者去评判了。

这套丛书可谓是一部书写红色记忆的读物，它对于了解共和国的历史、中国共产党的英明领导和中国人民的伟大实践都是不可或缺的。同时，这套丛书又是一套普及性读物，既针对重点阅读人群，也适宜在全民中推广。相信它必将在我国开展的全民阅读活动中发挥大的作用，成为装备中小学图书馆、农家书屋、社区书屋、机关及企事业单位职工图书室、连队图书室等的重点选择对象。

编　者
2014 年 1 月

目录

一、 回到祖国

- 柴川若强调说："回到前线后一定要向全体指战员报告祖国人民的关切和慰问，并以更大的胜利来回报祖国人民。"

- 归国代表说："接受各大城市热烈的邀请，我们将立即乘火车或飞机到全国各地。"

- 欢送的群众在车站上高呼："河南省3200万人民永远做你们的后盾。"

首批归国代表抵达北京

1951 年 2 月 22 日，中国共产党、中国国民党革命委员会、中国民主同盟、民主建国会、无党派民主人士、中国民主促进会、中国农工民主党、中国致公党、九三学社、台湾民主自治同盟、中国新民主主义青年团及中国人民保卫世界和平反对美国侵略委员会等，在北京联合欢迎中国人民志愿军归国代表柴川若、嵇炳前、李维英、董乐辅、张甫、窦少毅。

参加这次会议的有各党派、团体代表 50 多人，大会在热烈的掌声中开始。

会议开始后，首先由中共中央代表林伯渠致辞。林伯渠在致辞中表示对归国代表团的欢迎，以及对前线士兵的慰问。

林伯渠讲话结束后，会场响起经久不息的热烈掌声。接着，由各党派代表李济深、沈钧儒、章乃器、马寅初、马叙伦、章伯钧、许德珩、黄鼎臣、杨威理、冯文彬等相继发言。

大家在发言中一致指出中国人民志愿军部队抗美援朝胜利作战的伟大意义，并坚信中国人民志愿军部队和朝鲜人民军必能给予美国侵略军和李匪军以更大的打击，取得抗美援朝战争的胜利。

在大会最后，由中国人民志愿军归国代表柴川若讲话。柴川若在讲话中衷心感谢祖国人民对志愿军部队的伟大支援。

柴川若强调说：

> 回到前线后一定要向全体指战员报告祖国人民的关切和慰问，并以更大的胜利来回报祖国人民。

席间大家频频举杯，祝贺中国人民志愿军和朝鲜人民军的辉煌胜利，并预祝他们赢得更大的胜利。

柴川若是山西省河津县人，1914 年 10 月出生，1933 年 11 月参加革命工作，1936 年 11 月加入中国共产党，1933 年在上海晨更工学团共青团支部任宣传委员。

抗日战争时期，柴川若历任山西新军五十一团政治指导员、宣传股长，八路军一一五教导二旅政治部副科长等。

解放战争时期，柴川若历任山东滨海军分区政治部宣传科长，东北一师政治部宣传科长、直属政治处主任、一团政委等职。

抗美援朝开始后，柴川若入朝作战，任志愿军突破"三八线"先遣支队政委，并受组织委托担任志愿军首次归国代表团首席代表。

柴川若这次接到回国报告的任务，他感到异常高兴。

回到祖国

而中央之所以选择在这个时候让志愿军代表回国报告，也是有原因的。

1950 年年底到 1951 年年初，朝鲜战场的局势发生改变。美国从总统到政府和军队最高层的决策人，都忧心忡忡，不知所措。美国参谋长联席会议主席布莱德雷在其回忆录中写道：

> 朝鲜战争出乎预料地一下子从胜利变成了丢脸的失败……我军历史上最可耻的一次失败。

志愿军取得了首次战役的胜利，一下子使中国人民声威大震，改变了美国人对中国的看法。

中国军队达到了出奇制胜的目的。在政治上，这次胜利提升了中国在亚洲大陆上的地位，增强了北京在整个地区的影响。

与志愿军在战场上取得胜利的同时，中国大使衔特派代表伍修权，于 1950 年 11 月 28 日率中国代表团，在联合国安全理事会会议上发表长篇演说，控诉美国侵略我国台湾和侵略朝鲜的罪行，要求联合国安理会对美国予以制裁。

中国人民在国际讲坛上伸张正义，使不可一世的美国当局处于被告的狼狈境地，是中国人民外交斗争的一个重大胜利。

这个胜利同志愿军在战场上的胜利一样，在国际上产生了良好的影响。

同时，为了支援前线，中央号召增产节约。1950 年 11 月，陈云在第二次全国财政会议上作"抗美援朝开始后财经工作的方针"的报告，指出：

> 简单地说，就是把明年的财经工作方针放在抗美援朝战争的基础之上，与今年放在和平的恢复经济的基础上完全不同，表现在财政上就是要增加军费及与军事有关的支出，同时各种收入也必然要减少。

为了让国内的人民更加了解志愿军在前线的生活和作战情况，中央决定派志愿军代表回国，把发生在前线的事迹带给国内的兄弟姐妹，真正做到军民一条心。

这样，第一批归国的 6 位代表，计划自 1950 年 2 月间在首都作报告之后，即分两组出发：其中嵇炳前、李维英、张甫 3 位代表先后赴天津、开封、洛阳、西安、宝鸡、兰州、西宁、迪化、伊犁、重庆、泸州、万县等 20 多个城市作报告。

柴川若、董乐辅、窦少毅 3 位代表，将到武汉、济南、上海、南京、芜湖、镇江、南通、无锡、苏州、杭州、金华、南昌、上饶等城市作报告。

志愿军代表报告英雄事迹

1951 年 2 月 28 日，由嵇炳前、李维英、张甫组成的志愿军归国代表小组，将辗转到各大城市作报告。

当时，中国人民无时无刻不在关心着在国外作战的人民志愿军，关心着自己支援朝鲜前线所作的巨大贡献。

在一位志愿军归国代表应邀向北京市数千名中、小学生作讲演的大会上，一位幼小的女学生在一张纸条上写着热情、天真的问话：

我们缝的手套、慰问袋你们收到了吗？

这位志愿军代表马上向全场答道：

谢谢大家，收到了，志愿军战士们正戴着你们的手套，更勇敢地歼灭着敌人！

他的话立即被春雷般的掌声与欢呼淹没。那位小女学生的话，表达了全中国亿万人民的关切心情。

全国人民巨大的支援，是使志愿军勇士们击败敌人，奋勇前进的极其重要的因素。从清川江到汉江前线，志愿军已经前后 4 次收到慰问物资，每一次都使志愿军指战员更加激发起对自己祖国的热爱，更加坚定捍卫祖国安全的决心。

在一次报告会议中，归国代表讲起当时朝鲜战场的情况，大家都聚精会神地听着。

那是云山战役后，志愿军从收音机里听到东北人民志愿组织3万多副担架志愿支援前方的消息。这个振奋人心的消息飞快地传遍前线上的每一个战壕里，使整个部队沸腾了。战士们热情地欢呼：

4.75亿人民都在支援着我们！

当时，每个连队都写信给上级，要求承担最艰巨的任务。

在七八天后的一个下半夜，部队冒着大风雪向南进军。在邻近平壤附近的路上，他们发现一列也像一个个雪人儿似的队伍，中间还夹杂着许多拖着沉重物资的"爬犁"。"爬犁"是东北、朝鲜一带的运输工具。

志愿军中先有人打招呼问路："吆包（喂）！"

想不到对方却用中国话回答说："我们不是'吆包'。"

原来他们就是来自东北各地的志愿担架队，已经给志愿军带来了一部分慰问物资。这两支队伍顿时轰动了，行列中爆发了欢呼，连平时最沉默的人也高兴地歌唱起来。这是志愿军出国后第一次看到从祖国来的人，这种

回到祖国

亲切的情感，是当时每一个亲历其境的人所永远忘不了的。

志愿军收到祖国人民珍贵的礼物：炒面和猪肉。炒面是用麦子掺着少量芝麻、黄豆、花生炒熟后磨为面粉精工制成的，有甜的，有咸的，美味可口。

在高速度地追击"联合国军"时，这是最好的战地给养。有一位志愿军战士一边吃一边和他的伙伴说："这炒面也许是我母亲给我们做好了送来的。"

在另一次行军中，志愿军某部领到大批慰问品，这些可贵的礼物使部队的战斗意志得到极大的鼓舞。有一位志愿军的排长感激地对上级说：

祖国人民这样支援我们，我下决心争取戴着英雄奖章回国去！

11 月 30 日，志愿军收听到中央特派代表伍修权在联合国安全理事会上发言，控诉美国武装侵略台湾的广播。志愿军某部首长亲自在集会上，传达这个历史性的发言。志愿军归国代表告诉新华社的记者：

我们每个人都觉得自己在给伍修权代表撑腰；同时又觉得全世界人民在后面给我们撑腰。

志愿军战士们听到中国人民的代表第一次对全世界

理直气壮地说了话，有人竟兴奋得流下泪来。

只准帝国主义侵略，不准人民反抗的时代
已经过去了。中国人民完全有信心打退敢于侵
略中国的一切帝国主义者。

这句话成为鼓舞志愿军战士们更加英勇前进的坚强
力量。

在新年攻势结束后，部队中传诵着这样一个英雄的
故事。

志愿军某部一个战士，他在战斗发起时，指着临津
江南岸的一座山头对他的战友说："全世界人民在看着咱
们。今天，立功，在这个山头上；光荣牺牲，也一定在
这个山头上。"

他勇猛地冲在突击队的前面，在滩头阵地上负了重
伤，他晕倒了。部队在他身旁冲了过去。他苏醒过来后，
抬头望了望山头，拿着枪站起来，继续向前冲去。

别人只当他受了轻伤。他在山腰中又晕倒了，醒来
后又望了望正在激战着的山头，又爬起来向山上冲去。
中间他又晕倒了一次。

最后，他终于与战友们一起攻下了这个高地的制高
点。当时，他半昏迷地问："这是哪里？"

身旁的战士告诉他："这就是山头。"他露出了笑容
说："噢，我到了山头了！"说完，就倒在地上光荣牺

牲了。

在整个前线，收音机和《人民日报》、《东北日报》成了战士们在精神上与祖国联结在一起的最好的桥梁。志愿军领导干部把收听祖国广播列为重要工作项目之一，每次收听后立即誊写出来，分发到各个连队去，使战士们能不时地开会讨论时局。祖国的报纸是用专车负责运输的。每次一到，抢阅一空。

每个人都逐句逐字地细读。他们怀念着祖国的每一件事。他们对祖国人民蓬勃的抗美援朝爱国运动，对祖国每一项建设的进展，感到莫大兴奋。他们在遥远的前线，用一个接一个的胜利，作为祝贺祖国人民欢度新年的礼物。

为抗美援朝、保家卫国而战斗着的中国人民志愿军的每一个指挥员和战斗员们，深深感谢祖国人民对他们的伟大的热爱。

祖国人民也无时无刻不在关心着自己的抗美援朝保家卫国的子弟兵。这种深厚高尚的感情，是一股无敌的力量，与朝鲜人民的伟大的力量加在一起，最后必将击败美国侵略者。

归国代表团还讲到了许多发生在朝鲜战场上的感人事迹，有的听众听着听着就流下了眼泪。

3月7日，志愿军归国代表柴川若、董乐辅、窦少毅等由济南到达上海。

华东和上海各界代表2000多人到车站欢迎。当天下午，该市各界人民举行欢迎大会。

在会上，中国人民保卫世界和平反对美国侵略委员会华东总分会筹备委员会主席马寅初及上海分会主席刘长胜，代表华东1.4亿人民和上海市500万市民相继致欢迎词。他们说：

> 全华东与全上海市人民决心进一步展开抗美援朝、保家卫国运动，反对美国重新武装日本，努力支援我国人民志愿军与朝鲜人民军，争取更伟大的胜利。

柴川若在全场欢呼与掌声中，报告人民志愿军在朝鲜前线作战的英勇事迹。

各民主党派和人民团体的代表纷纷向志愿军归国代表献花献旗。

柴川若在济南停留了3天，他们受到该地各界人民的热烈欢迎。济南市各人民团体、各民主党派和机关、部队、工商界、医务界、宗教界等8万人，分别举行了欢迎大会，并邀请他们报告我国人民志愿军抗美援朝的英勇事迹。

回到祖国

第二批归国代表回国

1951 年 3 月 28 日，中国人民志愿军应中国人民保卫世界和平反对美国侵略委员会之邀请，继 2 月派代表归国后，又派遣高巢、王有根、李激涛、王剑魂 4 位代表，于当天自朝鲜前线回国。

王有根是人民志愿军的战斗英雄，他曾于突破"三八线"后，英勇地创造了以一个连的兵力歼灭"联合国军" 4 个连的奇迹。

王有根是浙江杭州人，1945 年参加东北民主联军。1947 年加入中国共产党。曾任东北民主联军排长，东北军区连长、副营长。

1947 年 4 月，在解放战争的大华山战斗中，王有根接近国民党政府军机枪掩体，乘敌机枪射手换子弹梭子之机，猛冲上去，夺取机枪一挺。

5 月，在梅河口战斗中，他主动要求炸敌地堡。自己臂部负伤，仍坚持向敌阵地前进，将手榴弹插入敌地堡，炸死 5 人，其余 19 人全部投降。在此次战斗中，王有根立大功两次。

1950 年，王有根出席全国战斗英雄代表会议。同年参加抗美援朝，任中国人民志愿军副营长。

1951 年 1 月，王有根在第三次战役的华岳里战斗中，带领一个连插入"联合国军"纵深，割裂"联合国军"防御体系，歼灭"联合国军"4个连，缴获榴弹炮12门。

当时，王有根的传奇事迹在国内广为流传，大家都想目睹这位英雄的庐山真面目。

3月28日中午，中国人民政协全国委员会、中国共产党、中国国民党革命委员会、中国民主同盟、民主建国会、中国民主促进会、中国农工民主党、中国致公党、九三学社、台湾民主自治同盟、无党派民主人士、中国新民主主义青年团及中国人民抗美援朝总会等联合欢宴志愿军归国代表高巢、王有根、李激涛、王剑魂4位代表。

到会的有中国人民政协全国委员会、各民主党派代表40多人。

大会首先由中国人民政协全国委员会副主席陈叔通致辞，继由中国国民党革命委员会主席李济深代表各民主党派致辞。

李济深说：

> 上月中国人民志愿军柴川若等6位代表，由朝鲜前线归来，报告了中国人民志愿军与朝鲜人民军并肩作战、反抗美国侵略军的英勇事迹，受到全国各阶层人民的热烈欢迎，使抗美援朝运动迅速向前发展。今天各位又带来了光荣和胜利归来，我们更加热烈地欢迎。

回到祖国

李济深在叙述了最近一个时期保卫世界和平、反抗美帝国主义侵略的爱国主义运动有很大的发展后指出：

> 由于志愿军指战员们无比英勇的战斗和胜利消息的不断传来，各民主党派更加要发动全体党员、盟员和全国人民一道，在毛主席和中国共产党的领导下，积极努力为保卫祖国、保卫全世界和平和人类的安全而斗争。

最后，由中国人民志愿军代表高巢讲话，他衷心感谢祖国人民对志愿军部队的伟大支援。他表示回到前线后一定要向全体指战员报告祖国人民和各民主党派的关切和慰问。

接着，志愿军代表、战斗英雄王有根报告今年新年志愿军越过"三八线"英勇战斗的事迹，掌声响彻全场。

席间，各民主党派代表频频举杯，祝贺中国人民志愿军和朝鲜人民军的辉煌胜利，并预祝他们获得更大胜利。

3月29日，高巢一行离北京赴保定市，并将转赴石家庄、唐山、沧州、太原、榆次、阳泉、张家口、大同、包头、归绥等城镇讲演，把中国人民志愿军与朝鲜人民军并肩作战，打击美国侵略军的英勇事迹告诉华北各地人民。

第二批归国的 4 位代表，除王有根代表参加中苏友好协会代表团赴苏联参加五一节观礼外，高巢、王剑魂、李激涛 3 位代表将先后在保定、石家庄、太原、阳泉、新乡、安阳、张家口、大同、归绥、包头等处作报告。

代表们每到一处，受到人民热烈欢迎。各地人民纷纷献旗、献花致敬，并踊跃地写信、捐款来慰问中朝人民部队。

当时，抗美援朝总会发出捐献飞机、大炮和推广爱国公约的通告，同时，提出了增加生产、增加收入的口号，以增产收入作为捐献之款。

许多地区把爱国公约、劳动竞赛、增加生产和捐献结合起来，广大人民群众充分发挥生产的积极性和创造性，有力地推动了生产的发展。

在农村，广大农民开展爱国增产竞赛，努力提高产量，确保朝鲜前线的粮棉供应。

回到祖国

中朝妇女支持抗战

1951 年 3 月，在朝鲜战场上，中国人民志愿军与朝鲜人民军并肩作战，狠狠地打击了美国侵略者，不断地取得胜利。

当然，这些胜利是与朝鲜妇女分不开的，因为她们英勇不屈地参加了祖国的解放战争，因为她们像关心自己的亲人一样地热爱着中国人民志愿军。

同样，这些胜利也与中国妇女分不开，因为她们支持、鼓励着中国人民志愿军与朝鲜人民军奋勇前进！

3 月 8 日，新华社的记者采访归国代表。回到祖国来的中国人民志愿军代表嵇炳前兴奋而感激地说：

朝鲜妇女在战争中参加运输、抬担架、抢修道路等工作所发挥出伟大力量，和中国妇女在抗美援朝运动中鼓励丈夫、儿子参加志愿军，发动慰问、宣传等所起的积极作用，鼓舞着并肩作战的中朝两国的兄弟们，增加了我们克服困难的勇气和战胜敌人的信心。

美国侵略者所带给朝鲜妇女的灾难是异常严重的。归国代表团成员亲眼看到许多惨死的朝鲜妇女，她们被美国强盗奸污后又活活地被杀死了，她们赤裸着的血肉模糊的身子被丢在强盗们的坦克、卡车、战壕和兵营里。那些伏在被炸死的母亲的冰冷尸体上啼哭着的孩子，被母亲的鲜血染红了小手和小脸。

归国代表说：

> 看到这种情景，我们有着钢铁意志的战士们，也都忍不住掉下了眼泪。大家沉痛激愤地宣誓要为朝鲜的母亲和孩子们报仇。

朝鲜妇女对于中国人民志愿军的感激、热爱与照顾是无微不至的。嵇炳前举了两个生动的例子。

有一次，志愿军的部队行军到达云山北边的大洞村，住在一老百姓的家里。战士们因为过度疲乏和寒冷，进屋后就倒在炕上呼呼入睡了。

这屋子的主人金永花老大娘，就赶忙添火把炕烧得暖暖的，又把毯子轻轻地盖在战士们冰冷的脚上。

睡到半夜，战士们都觉得暖和极了。他们爬起来一看，只见金老大娘还守在火炕旁不断地在添火，火光辉映着老大娘慈祥的脸，可以看出她脸上只有对待刚从远方回家的亲生儿子才有的那种神情。

还有一次，当部队的运输车经过泰川附近的一座大桥时，桥梁被炸断了，运输车辆过不去。部队正在追击"联合国军"，不可能停留下来修桥。

回到祖国

正在这时候，八九十个朝鲜妇女在当地政府和妇女同盟的动员之下来帮助志愿军抢修。在零下 20 摄氏度的黑夜里，漫天风雪，妇女们的手和脚都冻僵了。可是她们没有一点畏缩，迅速地把桥修好，保证了军运畅通。

另一位志愿军归国代表董乐辅叙述了祖国妇女所给予志愿军指战员们的极大鼓舞。他说：

> 我们十分关心着国内妇女在抗美援朝运动中的消息。当我们听到妇女们在鼓励丈夫和儿子参加志愿军，参加朝鲜前线的运输医疗等各种工作或发动慰问、宣传等运动时，我们的兴奋是无法形容的。当我们在报纸上看到祖国今年的新年过得比往年热闹，家乡的乡亲们都能穿上暖和的新棉袄过冬时，我们都喜欢得流泪。我们在朝鲜不顾任何艰苦，对美国侵略者奋勇作战，也正是为了要保卫我们伟大的祖国，保卫我们的母亲、妻子和孩子们以及她们的和平幸福生活啊！

董乐辅说：

> 我们收到了好几十万份从国内寄的慰问袋和慰问信。有一位老大娘在她的信上这样写着："晚上等我的孙儿们都睡熟了，我就戴上老花眼

镜，凑在灯光下为我敬爱的战士缝慰问袋……"

当时，许多孩子给志愿军写了慰问信并送慰问袋，他们都称志愿军为"志愿军伯伯"。

有位清华大学教授的孩子，只有 5 岁，他在信上天真地写着：

> 我家共做了 7 只慰问袋，就是没有我的份，我哭了，特地叫妈也做了一只绣上我的名字……

志愿军指战员读到这些信的时候都十分感动地说：

> 我们一定要用更大的胜利来回答祖国的母亲们和孩子们对我们的热爱！

志愿军归国代表团负责人柴川若说：

> 祖国人民和千千万万母亲和妇女给予我们的支援和鼓舞，使我们能在前线不断地取得胜利。我们希望在祖国的母亲、妻子和姊妹们继续多多地写信给志愿军指战员们，告诉我们国内的情况和家乡的情况。这将使前线的志愿军指战员们得到更大的鼓舞，取得更大的胜利。

回到祖国

柴川若又特别恳切地说：

同时，我们热切地希望祖国的妇女更加积极地参加生产建设工作，一面抗美援朝，一面建设我们的祖国，使中国人民获得持久和平与幸福。

从 1951 年 4 月开始，中国人民抗美援朝总会再次发出通知，号召各地继续扩大捐献运动。全国各界人民表示坚决拥护和积极响应。

归国代表致信志愿军首长

1951年3月中旬，中国人民志愿军归国代表柴川若等，已赴全国各地报告人民志愿军在朝鲜前线英勇战斗的情形，以深入开展抗美援朝运动。

他们在离京前，曾写信给朝鲜前线志愿军首长及全体指战员，报告在京工作情况及首都各界人民对志愿军的热爱和感激的情形。

柴川若等在信中写道：

志愿军首长并转全体指战员同志们：

我们到达北京后，从2月2日到28日，已向中央各机关、各民主党派、各人民团体、文化界、工商界、宗教界及工人、学生、儿童等作了45场报告，听众10万余人。

听了我们的报告以后，全国特等劳动英雄刘英源同志，特以自己的照片送给我们，表示敬意；门头沟工人自动地提出了"工厂就是战场，机器就是武器，多出一吨煤就等于多打死一个美国兵，以志愿军英勇杀敌的精神开展爱国主义生产竞赛"；沈钧儒老先生感动得热泪盈眶，把柴川若同志的手紧紧地握了四五分钟之

回到祖国

久……

接受各大城市热烈的邀请，我们将立即乘火车或飞机到全国各地，以广播、报告、座谈等方式，介绍志愿军英勇战斗情形，以深入抗美援朝的宣传。志愿军的胜利和英雄们的名字将传遍全中国，传遍全世界！

最后让我们预祝志愿军首长和全体同志们在现有的荣誉上创造更辉煌、更伟大的胜利，与祖国人民，朝鲜人民，全世界人民在一起，为最后消灭美国侵略者而奋斗到底！

当时，经济学者马寅初先生告诉归国代表：他在华沙出席世界保卫和平大会，当解放平壤的捷报传到会场时，80多个国家的3000多名代表，立即向中国代表团欢呼"毛泽东万岁"，并热烈鼓掌达15分钟之久。

归国代表听到这些消息，感到十分欣慰。

北京学生听到前方缺乏文化食粮时，当即募集捐送了书籍、杂志、画报等1300余本；苏联友人伊丽拉向志愿军致颂词；罗马尼亚男女留学生为了表示感激志愿军的胜利，同稽炳前热烈拥抱，并送国际纪念章百余枚。

北京市第二文化馆一个职员听了报告后，一夜给战斗英雄周德高、罗良士等写了12封慰问信。

儿童队员除把自己宝贵的红领巾送给志愿军外，并将自己的"好学生"、"学习模范"等心爱的纪念章和校徽争先恐后地献给归国代表。

北京市区街干部王文义把自己全家合拍的照片送给柴川若，照片上写着：

> 我们一家人的幸福生活是志愿军给的。我是一个留用人员，今后要很好地改造自己，来报答志愿军。

人民银行一个职员听到前方艰苦奋斗的情况时，立即把自己手上戴的手套脱下来，托董乐辅捎到前方去。

首都各界到处歌颂与赞扬着志愿军的伟大胜利与英勇作战的事迹，并对志愿军表示无限的热爱与感激。同时，祖国人民为了配合前线的胜利，都坚决表示在抗美援朝保家卫国运动中做志愿军的后盾。

工人展开爱国主义生产竞赛；农民们保证缴好粮、种好地；学生们正在加紧学习；商人们纷纷订立爱国公约，提前纳税并超过了原定数目；宗教界也参加政治活动到街头示威。

当时，全国人民都进入到了抗美援朝、保家卫国爱国主义的运动中。

回到祖国

上海各界欢迎归国英模

1951 年 3 月 11 日，上海市天主教人士举行反对美国重新武装日本、欢迎中国人民志愿军回国代表的盛大集会，到会天主教徒有 1500 多人。

大会主席、天主教公教进行会理事长朱孔嘉在致辞中，代表全市教友向英勇打击美国侵略者的中国人民志愿军致敬。

朱孔嘉强调说：

上海市天主教人士已与全国广大人民站在一起，展开了反美爱国运动。

朱孔嘉的讲话受到与会者的热烈欢迎。

接着，中国人民志愿军回国代表柴川若，在大会上报告中朝战士的英勇事迹和伟大胜利，受到与会教友的热烈欢迎。

震旦大学、广慈医院等 22 个单位的教友，都向志愿军代表献上锦旗和鲜花。

大会听取了广慈医院院长蓝绪彰关于"上海各界人民反对美国武装日本会议"的决议的传达报告，并通过了"上海天主教人士 10 项爱国公约"。

大会最后通过了向毛泽东致敬电，向中国人民志愿军和朝鲜人民军致敬电。

3月13日，嵇炳前、李维英、张甫3人于11日晚离天津赴开封，并将转赴西安、兰州、成都、昆明等地，报告志愿军在朝鲜打击美国侵略军的英勇战绩。

嵇炳前等在天津市逗留9天，共对各界人民作了20多场报告，听众达10多万人。天津市人民为表示对人民志愿军的崇敬，纷纷向嵇炳前等献送礼物。

归国代表共收到天津市各界人民所送的锦旗28面、慰问信300多封和全市纺绸工人亲笔签名的绸制签名书20多本。

嵇炳前在天津国营棉纺二厂作报告时，当场就有100多名工人，把自己在爱国主义生产竞赛中获得的模范奖章赠给他。

天津市民航局副工程师张德馨将自己心爱的收音机送给志愿军归国代表，并在上面写着"祖国人民的声音"7个字。他希望志愿军战士们在前线能够经常听到祖国人民抗美援朝的消息。

3月13日抵达开封的嵇炳前、李维英、张甫等3人，在向开封各界人民报告人民志愿军打击美国侵略军的英勇事迹后，于17日下午离开封赴郑州，并将转赴洛阳、西安、成都等地继续作报告。

志愿军归国代表在开封逗留期间，共向该市各界人民作了11场报告，听众达6万余人。

回到祖国

开封市各界人民对我国人民志愿军在朝鲜的艰苦奋战，表示无限的崇敬。该市各界人民向志愿军代表献赠锦旗、纪念章等大批礼品。郊区农民也纷纷把土产品送给他们。市工商界还发起了援助中国志愿军的捐献药物运动。

开封市的志愿军军人家属代表，向志愿军代表报告了人民政府和当地人民群众帮助他们解决生活困难的情形，希望志愿军的指战员们不要挂念家庭，坚决打击美国侵略者。

归国代表巡回报告英雄事迹

1951 年 3 月 24 日，人民志愿军归国代表嵇炳前、李维英、张甫等 3 人，由洛阳赴西安，并将转赴兰州、重庆、昆明等地，报告志愿军在朝鲜打击美国侵略军的英勇事迹。

嵇炳前等人于 20 日由郑州转赴洛阳，在该市逗留 4 天，向各界人民作了 6 场报告，听众达 4 万余人。

他们受到全市各界人民的热烈欢迎，许多离市区很远的农村妇女，都坐着在土地改革中分得的马车赶进城来听他们的讲演。

搬运工人孔乩、李明德、武全章等把在爱国储蓄中获得的奖金 130 万元献给他们。

学生们听到志愿军缺少书报阅读，立刻发起献书运动，仅 23 日一天内即捐献 3000 余册。工商界赠送了著名土产猴头菜、石花菜和糟蛋等给志愿军归国代表。

嵇炳前、李维英、张甫在开封、郑州、洛阳 3 市所作的报告，鼓舞了开封等市各界人民对抗美援朝的胜利信心，推动了抗美援朝运动的深入展开。

志愿军代表在上述 3 个城市共作报告 22 次，听众达 15 万多人。

开封等市各界人民听了报告后，普遍进行传达和讨

回到祖国

论，并纷纷订立深入普及抗美援朝运动的工作计划。各地铁路工人一致提出"消灭一个事故，等于消灭一个美国鬼子"、"节省一分材料，就是增加一分抗美援朝的力量"等口号，深入开展爱国主义生产竞赛。

郑州铁路局陕洛机务段已订立在当年年底前，增加7台模范机车队的基干队员与15台正式队员的计划。该段25台机车的乘务员，已开始展开安全运行50万公里和争取在24个月内不出事故的运动。

洛阳市新洛阳印刷厂因病休养的工人乔水旺，在听了别人向他传达志愿军代表的报告后，第二天就自动销假上工。他说：

志愿军战士身受重伤，还坚持作战，我这点病算得什么！

洛阳市劳动妇女纺麻线小组听了志愿军代表的报告后，在劳动模范苗秀珍等带头下，已有300多人自动每天多纺麻线四两，以多领的工资支援前线。

郑州市志愿军家属孙玉卿听完报告，立即写信嘱咐她在朝鲜前线的儿子要坚决打击美国侵略军，保卫世界和平。

医学界及工商界听了报告后，即捐献出盘尼西林600余支及人民币730余万元。郑州市工商界代表举行会议，检查爱国公约的执行情形，并制订了在五一国际劳动节前普及与深入抗美援朝运动的具体计划。

各地学生都订立锻炼身体和加强学习的计划，一表示随时准备响应祖国号召，到祖国最需要的岗位上去。

1951年4月2日，中国人民志愿军归国代表嵇烔等，写信给朝鲜前线志愿军首长及全体指战员，报告河南各地及在西安的工作情况。

他们在信中说：

志愿军首长并转全体指战员同志们：

我们于3月12日夜到达开封。在开封、郑州、洛阳3地共工作12天，进行报告22场，听众15万人。在开封讲演时，由省广播电台作实况录音，转播全市，并组织了许昌、南阳等各地专署收听，他们还准备以后到农村去组织农民听录音报告。其次，在河南军区作报告时，亦由军区录音，他们准备以后拿到各军分区去广播给部队听。

……人民的热情，不是偶然的，是在抗美援朝教育基础上生长起来的，在今年新年发起"捐献"子弹运动的时候，开封市小学生偷偷地把早饭费节省下来买子弹，有一位小学生捐了四发子弹，他高兴得在课堂的桌子上跳了起来。

他们还在信中谈道：

回到祖国

我军主动撤出汉城，个别人有些怀疑，"认为我们力量还不够"，在郑州时，我们说明在朝作战几次战役均以歼灭敌人有生力量为主，如第一次敌跑到鸭绿江边楚山，我在温井云山将敌切断，歼敌后，敌逃往清川江南。二次战役我歼敌伪七师，美军二师大部及土耳其旅后，平壤不攻自破，敌逃到"三八线"。三次战役我追击亦以歼敌力量为主。群众过去只看到我们在前进中消灭敌人，但这次是后撤歼灭敌人，只要我们把过去情况讲清楚，他们的怀疑就消除了。

他们最后在信中说：

在各地讲话中，我们先讲敌人残暴，激起仇恨，说明要保家卫国一定要抗美援朝，说明我们不能不打。然后向大家介绍怎样打的，说明我们能不能打。先介绍两个小故事，如周玉林送俘虏，张金彪一个人和 6 个敌人打一天等，说明我们和敌人实际接触，知道敌人并不可怕。然后讲了志愿部队的英勇艰苦，讲了朝鲜人民与祖国人民的支援。最后讲战争是长期的曲折的及我们志愿军的决心和希望。这样，就更增加了各地人民对于抗美援朝必然胜利的信心。

1951 年 4 月 17 日止，嵇炳前、李维英、张甫先后向天津、开封、郑州、洛阳、西安、宝鸡、蔡家坡、永乐店、武功、咸阳、兰州、西宁、湟中等 13 个城镇的各界人民 61 万多人报告了志愿军作战的情况。

收听志愿军代表广播的，仅西安一地，即有 23 万多人。此外，河南的南阳专区各县、河南军区各部队、甘肃的 40 多个县市也曾广泛组织群众收听志愿军代表的广播。

嵇炳前等人的报告，对于各地人民的抗美援朝运动，起到了很大的推动作用。

回到祖国

全国各地欢迎归国代表

在天津的 10 天中，志愿军代表一共作了 26 场报告，听众共达 14.4 万人。他们的报告，大大地激励了天津各界人民的爱国热情。许多群众因为听了报告，积极加入到抗美援朝运动的行列。

天津的搬运工人在听报告后，马上组织起来，讨论抗美援朝问题。

天津工商界在听报告后，在各行业的 143 个单位作了传达，并展开了对美、日侵略暴行的控诉运动。天津的各校师生，都把听志愿军代表的报告作为最重要的政治课。

许多机关工作干部，听了报告后，开会检讨自己的思想和工作，积极性大大提高。全国总工会干部学校还发起了一人一信运动，写信给自己的亲友传达志愿军代表的报告。

志愿军代表在河南的开封、郑州、洛阳 3 地，一共工作了 12 天。他们在到达开封时，已经是半夜，市民群众纷纷从屋里跑出来欢迎他们，满街遍悬国旗，到处放起爆竹，比过年还要热闹。

开封市许多小学生因为没有被准许到车站去，急得哭起来，一定"要见见志愿军的叔叔去"。一路上，老大娘、老大爷都争着和志愿军握手，有些老人握了手后几天都不肯洗手，再去握自己的亲友。

在欢迎大会上，郊区农民露着胸脯，擂起几十面大鼓欢迎志愿军。托儿所四五岁的小宝宝扭着秧歌来献花：

欢迎志愿军叔叔胜利归来！
恭祝志愿军叔叔健康！

他们还唱着：

……志愿军叔叔为我们打仗，我们怎能不感谢！我们怎能不感谢！

73 岁的郝老大娘、72 岁的赵大娘、67 岁的李大娘，替志愿军代表戴上大红花，并把开封市劳动妇女做的慰问袋、鞋子以及日用品交到他们的手里，让他们带到前方去："告诉前方同志，不要惦记我们，多多消灭美国强盗。"

郊区的农民把他们辛勤生产出来的萝卜、地瓜、红枣献给志愿军。

陇海路陕县到洛阳段的铁路工人，听志愿军报告到前方将士艰苦作战的情况时，许多人哭起来了。他们用了一星期的时间来讨论志愿军的报告，决心在当年培养出 15 台模范机车和 7 台机干车，完成 50 万公里安全行车

回到祖国

的任务。

志愿军在郑州参加了"三一八"工人示威游行大会，给5万多工人作了报告。会后工人纷纷制订计划，保证支援前线，深入展开生产竞赛。在郑州，连修女也派出代表向志愿军献花。她们说：

过去我们落后，今后我们要参加抗美援朝工作。

当代表们离开开封时，7万多群众拥到街头欢送，道路都被他们阻断了。志愿军代表从住地坐汽车到车站，竟费了一个多钟头的时间，几乎误了上火车。

一路上市民群众争着把鲜花、日记本、鞋子和各种慰问品、慰问袋塞到车上来。连90多岁、已有20多年未出门的一位老大娘也来欢送，要同志愿军代表握握手。

欢送的群众在车站上高呼：

河南省3200万人民永远做你们的后盾。

志愿军代表在3月25日到达西安，先后在西安及陇海路西段沿线的宝鸡、蔡家坡、永乐店、武功、咸阳等城镇作了22场报告，听众共达17万多人。

西安有10多万人参加欢迎志愿军的行列。代表的汽车经过各街道时，多次被欢迎群众所包围。献旗、献花、送慰问信、鸣放鞭炮、掷纸花的沿途不绝。许多人争着挤近车子来同志愿军握手。西北医学院的学生把志愿军从车上拉下来抬着走。

广大人民群众都上街欢迎，高呼口号。代表到咸阳时，群众 1.2 万人到 5 公里外迎接，把代表一直抬进城里。在武功，代表在午夜后 2 时离开时，群众数千人点着火把欢送。

代表们在陕西各地的报告，对于抗美援朝和生产以及其他工作起了很大作用。陇海铁路职工韩星奎说："过去我还以为美国兵武器好，吃得又好，担心我们打不过，现在我才知道我们完全有把握打败敌人。志愿军在零下 30 摄氏度作战，我们在后方一定要加紧生产，支援前线。"

大华纱厂工人王春荣、邢明福听了报告，当晚即带动工人把 6 部 20 支细纱车的转数，由每分钟 129 转提高到 148 转。邮电工人保证前方邮电不延误、不错字。

某部指战员听完报告后，纷纷制订练兵计划，提出要"实练、苦练、硬练、多练"，巩固国防，保卫人民。

青年学生普遍酝酿订立爱国公约和学习计划。西北大学学生继天津全国总工会干部学校学生之后，发起一封信运动，保证每个听报告的人都将听的报告写一封信转告给自己的亲友。

工商界在听报告后，即检查爱国公约的执行情况，感到从前订的爱国公约"对不住志愿军"。

回到祖国

4月6日，志愿军代表到达兰州，在6天中作了15场报告，即全市每两个人中就有一个人听到了志愿军代表的报告，此外听志愿军代表广播的还有4万人以上。

兰州的人民群众对于志愿军代表的热烈欢迎，从上面这些数字中就可以看出来。通过代表们的口头报告，广播和有计划有组织的传达，郭忠田英雄排的故事，在兰州已是家喻户晓，人人传颂。

不仅如此，兰州的工人、学生、机关职员和普通市民听了报告后，还直接向代表们写决心书和保证书。兰州女师一个勤务员在决心书上写着："3个人的工作，我1个人要干。"

兰州电厂和面粉厂的工人们讨论了报告，纷纷互相提出生产竞赛挑战。

在西宁、湟中等地，各族人民听了志愿军代表的报告后，也立即普遍进行了传达和讨论，并纷纷制订了普及和深入抗美援朝运动的计划。

青海省民族公学工农班藏族学生保证每天学会5个生字，市内各中小学决定每周增加"美国侵华史"和"中朝两国的关系"等学习课程。

二、 巡回报告

- 新乡市的一位工作干部说:"这次志愿军归国代表现身说法,通过典型事迹结合群众思想的宣传,每一次讲话都打动了群众的心。"

- 当迎接归国代表们的花车驶进成都市区时,15万人民夹道热烈欢迎,欢呼声震动天地。

- 董乐辅说:"福建省的同胞们,同志们,我保证把福建全省1200万人热爱志愿军的心情带回朝鲜前线去。"

志愿军代表在各地举行巡回报告

1951 年 3 月 26 日下午，人民志愿军归国代表柴川若、董乐辅、窦少毅 3 人，离开上海赴南京。

中国人民抗美援朝总会华东总分会筹备会及上海分会、上海市各界人民代表会议协商委员会等在上午举行欢送酒会，各界人民代表 2000 多人到车站欢送。

志愿军归国代表柴川若等 3 人，是 3 月 7 日抵达上海的。20 天来，他们先后出席了上海市各界人民举行的欢迎大会共 47 次，向 42 万多市民作了报告，连同广播电台的听众和传达会上的听众在内，全市有 100 万人以上听到志愿军代表的报告。

上海市各界人民在欢迎会上，以无限的崇敬和热爱的心情，向志愿军代表献赠锦旗 1100 多面、慰问信 150 多封和慰问品 7875 件。

上海市各民主党派和各界人民代表在献赠给志愿军代表的锦旗上绣着"反侵略的先锋"、"和平柱石"、"光荣属于中国人民志愿军"等词句。

全市 361 所大、中学校的 13.6 万多学生，把用各校校徽缀成"抗美援朝"4 个大字的锦旗赠给志愿军归国代表。

中国纺织机械制造公司第一制造厂工人将在解放前

护厂斗争中缴自国民党匪军的 3 把美制钢刀，赠给志愿军代表。并在刀柄上写着：拿起美制屠刀杀死美国屠夫！该市郊区农民也纷纷把土产品装入慰问袋送给他们。

3 月 27 日下午，南京市各界代表 3000 多人集会，热烈欢迎由上海来南京的中国人民志愿军归国代表柴川若、董乐辅、窦少毅等 3 人。

在这次会上，各群众团体、各民主党派及驻南京部队代表都讲了话，一致表示要努力支援志愿军在朝鲜前线的英勇作战。

南京市人民代表会议协商委员会副主席江渭清代表全市百万人民保证：

　　深入抗美援朝运动，用加强生产、巩固人民民主专政等实际行动，做志愿军的后盾，全力支援中朝战士，打击美国侵略者！

人民解放军华东军区一级战斗英雄张明代表驻华东部队全体指战员宣誓：

　　决心以人民志愿军的英勇行为作榜样，学习他们的战斗经验，随时准备捍卫边疆，歼灭任何敢于进犯我神圣国土的侵略者！

最后，由志愿军代表柴川若、董乐辅报告美国侵略

巡回报告

军在朝鲜的种种暴行以及志愿军在前线奋战的许多英雄事迹。特别是王有根的英雄事迹，鼓舞了在场的听众。

那是除夕中朝人民大军突破敌"三八"防线后，首当其冲的李伪军望风溃逃。王有根奉命带着一连从草鞋洞插到华岳里寻机歼灭南朝鲜军。

当时，西边山头上还有南朝鲜军盘踞。王有根与他的战友们挺进到离草鞋洞1公里的红旗岭，遇上几个零星南朝鲜军。前锋部队扑上去抓了3个俘虏。接着，他们在红旗岭发现南朝鲜军一个警戒排，又抓了8个俘虏。

俘虏说，附近有李伪军三一、三六两个联队的1000多人，准备在早晨撤逃。王有根在红旗岭上望到下面有好几十堆南朝鲜军在烤火的火光，可以看出南朝鲜军是很麻痹的。

这时是1月2日1时30分，王有根经过判断情况后，果敢地下令放下一切非战斗用具，坚决追歼南朝鲜军！

部队追到华岳里也没有见到南朝鲜军的影子，但还能隐约地听见汽车的马达声。王有根用手电筒照了一下，见到大道上的车轮印子都朝南去了。他立即下令："继续前进，直到追上汽车为止。"

勇士们跑步猛追了1公里多路，飞奔到上南淙以北，才把南朝鲜军的尾巴抓住了。王有根命令用小炮向前排击。南朝鲜军在后尾的汽车慌张地碰撞着翻到沟里。勇士们放过汽车又追了1公里多路。殿后的南朝鲜军慌忙停下来，刚架好 3 挺重机枪，还没有来得及装上子弹，端着自动步枪、轻机枪跑步冲锋的志愿军勇士们已杀奔到跟前，打死了南朝鲜军的射手，夺下了 3 挺重机枪，消灭了这一股南朝鲜军。

王有根一看没有榴弹炮，汽车也不多，就继续命令："追上榴弹炮！"

勇士们又追了 1 公里多路。勇士们在 3 小时内从红旗岭到上南淙的南朝鲜军纵深阵地内长驱直入 10 公里。在上南淙，王有根和勇士们不仅追上南朝鲜军的榴弹炮连，李伪军三一、三六两个联队的各一个营也都被抓住了。

神兵天降的志愿军勇士们声势汹涌地趁着一阵火力直插入南朝鲜军，抢占了有利阵地。南朝鲜军再也想不到在纵深 15 公里的后方会发生这样的事情。很多南朝鲜军还没有来得及跳下汽车就被打死。不知所措的南朝鲜军在战士们的火力威胁下纷纷缴枪投降。

这次战斗中俘南朝鲜军 376 名，超过了毙伤南朝鲜军数字的 50%。以少数兵力、很小的代价，大量歼灭南朝鲜军有生力量的情形，对于美、英侵略军来说也是一样。

2 月 12 日，王有根在横城地区作战中仅以两个步兵连全歼美军一个榴弹炮营。勇于孤胆作战的王有根的战士们把这种战斗称作"在敌人胸膛中开花"！

2 月 12 日 22 时，王有根和勇士们在横城以北约 7.5 公里的草塘沟附近，一把抓住正在狼狈南窜的美军第二

巡回报告

师榴弹炮营的 18 门榴弹炮与 100 多辆汽车。在黑夜里，在弹坑遍地的公路上，美国摩托化部队的行动速度并不比王有根的勇士们的两条腿快多少。果然，美军汽车群中有一辆汽车被追击的炮弹打中起火了，最前面的汽车也被横在公路上的另一辆被打毁的汽车挡住了。

正当美军乱哄哄地跳下车来准备转身抵抗时，王有根早已指挥三连从右翼山根边迂回到美军侧后，占领了公路边的一块小高地；跟踵而上的一连就在正面展开火力逐车搜索前进，形成钳形合击，把美军压制在公路的狭长地带上。

这时，三连战士机智地用手榴弹把公路桥边的一辆汽车打得燃烧起来，熊熊火光使美军完全暴露在他们眼前。拥挤地趴在河沿上顽抗的美国兵被勇士们一阵炽烈的火力杀伤 200 多人。

美军用两辆坦克开下公路助战。志愿军战士巧妙地隐伏着瞄准射击美军的步兵；并用少部分火力吸引坦克盲目地发射。最后美军坦克手打光了弹药刚爬出炮塔想逃命，立即被战士们打死了。

4 小时的激战中王有根和勇士们击毙美军 300 多人，与友邻部队配合俘美军散兵 100 多人。美军的坦克、榴弹炮、汽车全部被缴获。

王有根的英雄事迹大大震撼了在场的听众，代表团报告结束后，会场响起经久不息的热烈掌声，他们用这种最直接的方式表达对"最可爱的人"的崇敬。

各地群众向归国代表献礼

1951年4月30日，人民志愿军归国代表柴川若、董乐辅、窦少毅等3人，写信给志愿军首长及全体指战员。他们在信中说：

亲爱的首长们，同志们：

祖国同胞都用感激和骄傲的眼光望着我们，为我们的健康祝福，并预祝我们将取得更多的胜利。让我们先把华东的济南、上海二地同胞对我们的敬意和谢意告诉你们，祝你们身体健康，祝你们消灭更多的敌人，为我们伟大的祖国创造更多的光荣！

此致崇高的革命敬礼！

从3月底到4月下旬，中国人民志愿军归国代表先后到华北区的保定、石家庄、太原、太谷、阳泉、新乡、安阳、宣化、张家口、大同、归绥、包头等城市，向62万多人民群众作了64场报告。

代表们不论到哪里，欢迎的人群总是十分拥挤。宣化全城人口只有3万，欢迎代表们的却达到2万。在大同，沿街欢迎代表们的有5万人。

巡回报告

人们争着向代表们投花、献花、献旗、献礼。在太原时，代表们坐的吉普车被同胞们沿途献送的礼物堆满了。在察哈尔、绥远各地，人们把代表们抬来抬去，亲切地拥抱他们，虔敬地向他们献旗献礼。许多人以能够抬一次代表，和代表们握一次手为无上光荣。

代表们从张家口赴大同时，沿途天镇、罗文皂、阳高等地的人民站在雨里等候着迎送他们。在阳高，志愿军代表们劝冒雨欢送的群众早些回去，他们回答："你们在朝鲜前线爬冰卧雪都能忍受，这一点雨算什么？"

在石家庄，工厂里的劳动模范们亲手把他们自己的奖章送给志愿军归国代表。许多地区的农民献出自己珍贵的土产。

有的妇女献出贴上纸花的鸡蛋。阳高县一个农民，从120公里外赶到大同来专为代表们献葡萄。

直接听到志愿军代表报告的62万多人和百万收听广播的群众，对代表们叙述的志愿军英勇斗争的生动事迹，表示无限的感激与崇敬。他们为祖国有这样的英雄战士而感到光荣与骄傲。同时，他们对美帝国主义在朝鲜的种种兽行，感到无限愤恨。

"不是志愿军出国，美国强盗早就打上门了"，"坚决抗美援朝，支援朝鲜前线，不让美帝国主义在朝鲜的恶行再在中国发生"！这是人们一致的呼声。各地区都掀起慰问志愿军的捐献热潮。

察哈尔和内蒙古各民族各界的人民，在欢迎代表时，献出慰问金达 4.4 亿多元。阳泉是一个不满 10 万人口的工矿区，在 4 月 16 日到 18 日 3 天中，就捐献了慰问金 1 亿余元。

蒙古同胞献出许多带有民族特色的礼品，他们当场给代表们穿上由他们献出的马靴。

各地人民都以抗美援朝的实际行动来回答志愿军归国代表的访问。新乡市许多工人听了代表们的报告之后，改订了生产计划，提出向马恒昌小组应战。

张家口市二区农民提出要每亩地比上年多上 50 担粪，争取每亩地增产 20 升粮。山阴农业劳动模范朱登龙说：

> 我们生产长一寸，美国鬼子死一尺。我们要多打粮食，多种棉花，支援前线，让前方吃饱穿暖，多打胜仗。

石家庄市的工商界中，有 21 个行业以集体缴税来欢迎代表们的访问。代表们在太原时，有 49 个行业在 3 天中缴清了当年第一季的税款。

新乡市某些有退伍思想的干部，从代表们的报告中汲取力量，工作积极起来了。有的感动得痛哭流涕，写下决心书，表示为人民服务到底的决心。

河北省各界人民代表会议的一位代表，亲切地握住一位志愿军归国代表的手，告诉他：

巡回报告

同志，你回去告诉大家：我们在国内，一定要把反革命分子镇压住，也一定把你们艰苦斗争的情况，告诉我们那里的人。

察哈尔、绥远各城市，都有许多青年男女要求参加志愿军，要求跟着代表们到朝鲜去打美国鬼子，还有许多青年要向志愿军负伤战士献血。

新乡市的一位工作干部说：

这次志愿军归国代表现身说法，通过典型事迹结合群众思想的宣传，每一次讲话都打动了群众的心，给今后深入抗美援朝运动开辟了宽广的道路。

许多地区把志愿军归国代表的报告向广大人民传达。中共察哈尔省委在五六月份深入抗美援朝运动的计划里，提出要把志愿军归国代表的报告传达到全省每一处每一人。

归国代表在西南作报告

1951 年 4 月 30 日下午，中国人民志愿军归国代表嵇炳前、李维英、张甫等 3 人乘专机自西安飞抵重庆。

西南军政委员会副主席王维舟，西南抗美援朝总分会主席楚图南，重庆市副市长罗士高及该市各民主党派、各人民团体的负责人均亲往机场迎接。

全市有 3 万多人整队在街头夹道欢迎，并不断向志愿军代表献花、献旗，送慰问信、慰问袋和投掷五彩纸花，有的甚至跟着志愿军代表乘坐的汽车跳起舞来，唱着"中国人民志愿军战歌"。

当晚，重庆各界人民举行盛大欢迎会。

嵇炳前等返西安前，曾在新疆省迪化、喀什、伊犁等地作了 14 场报告。迪化市各族、各界人民听了报告后，普遍进行传达和讨论。志愿军代表的报告，成了宣传员最好的宣传材料。

新疆省人民广播电台将志愿军代表的报告录音，译成维吾尔语向新疆人民广播。志愿军代表每到一处，都受到各族人民的献旗、献礼、献舞。在他们作报告时，讲台上堆满了新疆特产葡萄干、杏干、哈密瓜干以及各族人民赠送的花帽、地毯和各种文字的慰问信等。

新疆省第一届各族、各界人民代表会议献给志愿军

巡回报告

一幅一丈多长的锦旗，用汉、维吾尔、蒙古、哈萨克4种文字写着："你们是抗美援朝的先锋队。"

归国代表高巢、王剑魂、李激涛等于 29 日返北京参加五一节观礼。高巢等于平原省新乡、安阳等地连续报告 12 次，听众达 11.7 万余人。

志愿军归国代表嵇炳前、李维英和张甫，跋山涉水，向西南区各省、区的 410 多万人民作了报告。

代表们在五一前夕到达重庆，在以后的两个半月中，他们先后到川东区的万县、大竹、梁山、邻水、涪陵、北碚，川南区的泸州、自贡、内江、乐山，川西区的成都，西康省的雅安，川北区的南充、遂宁，贵州省的贵阳、遵义、安顺、黄平、修文，云南省的昆明、大理、丽江、保山、龙陵、芒市、楚雄、开远、蒙自、个旧、河口、宜良、潞南、圭山、下关等 30 多个市县。

代表们在西南各地，获得各民族各界人民的热烈欢迎。各地直接参加欢迎代表的人民总计有 200 多万人。

嵇炳前代表到达云南河口县时，一位 105 岁的彭老大娘也参加到欢迎的行列，并亲自向代表献礼。

大理县的工人，将用大理石雕刻的毛泽东像献给志愿军。各地少数民族的同胞，穿上他们的民族服装来欢迎代表们，并把名贵的土产麝香、象鼻、熊掌等送给代表们当作礼物。

在祖国边疆的河口市，归国华侨们在深夜里举着火把来欢迎代表们。他们对代表们说：

我们心里说不出的高兴。由于你们打败了
美帝国主义，我们在国外走起路来也觉得扬眉
吐气了。

代表们在四川各地的 20 多天中，收到各地人民写给
志愿军的慰问信 6 万多封，献给志愿军的慰问金 31.4 亿
元，银元 1.9 万多枚，各种慰问品 37 万多件，锦旗 1200
多面。

各地人民都以支持抗美援朝来表示对志愿军的热爱。
昆明市工人即以开展爱国生产竞赛、提高生产来作
为欢迎志愿军归国代表的献礼。该市云茂纺织厂修机间
电器部和保全部工人，要以一个半月的时间完成原定 3
个月完成的生产计划。工人们说：

志愿军同志用生命为我们夺取胜利，我们
不能坐享其成，一分钟一秒钟也不能白白放过。

楚雄县的农民，在欢迎志愿军归国代表的热潮中，
半天内交齐了夏征公粮，每户还订出了增产捐献的计划。
昆明市学生在听过代表们的报告之后，踊跃地报名投考
军事干部学校，他们在毛泽东像前宣誓：

要向志愿军哥哥学习，做一个保卫祖国的

光荣战士。

西康彝族青年吉狄依和向代表们报告解放一年来彝族人民生活的变化，他说：

> 彝族人民开始过着美好的生活，是与你们英勇善战，捍卫祖国，流血牺牲分不开的。

他希望代表们把彝族人民解放后的生活情形告诉前线的志愿军战士们，让战士们更高兴，更鼓劲。云南圭山区的撒尼族农民，表示要加强生产来支援志愿军。

当地各民族人民都向志愿军代表发出同样的誓言："我们就是你们的后备队，是你们的后勤部，是你们家属的助耕队。你们要什么，我们就给什么。"

代表们在昆明时，向东南亚华侨同胞作广播报告。在昆明的归国华侨，听了代表们的报告之后，除计划参加捐献"华侨号"飞机外，还提出要加强团结，把志愿军的英勇事迹对海外侨胞宣传。

1951 年 5 月，志愿军归国代表的报告推动了川西区的抗美援朝运动。中国人民志愿军归国代表嵇炳前、张甫、李维英，在 700 多万人民的热切盼望中，到川西行政区来了。

5 月 18 日，代表们飞抵成都，全市人民以空前的狂热情绪欢迎这几位人民英雄的代表。

当迎接归国代表们的花车驶进成都市区时，15 万人民夹道热烈欢迎，欢呼声震动天地。

19 日到 21 日，代表们先后向省、市两级机关，各民主党派、工人、郊区农民、学生、工商界、部队、妇女界、宗教界和各区居民等作报告 6 次，听众共达 19.6 万余人。

接着，代表们又应川西各县广大人民的邀请，分赴郫县、华阳、新津、广汉四地，向全区 32 县的农民自卫队员、中国共产党的宣传员和各阶层人民代表等作报告 4 场，听众达 24 万多人。

总计川西区各县和成都市人民亲自看到志愿军归国代表或听到归国代表报告的共达 59 万余人。另外，收听了归国代表广播的，仅成都市即有 10 多万人。

代表们的报告，激起了川西人民高度的爱国热情，大大地推动了抗美援朝运动的进一步开展。

川西区各机关、团体、部队和各民主党派人士，分别举行座谈会，发表听到报告后的意见，并研讨如何切实推动抗美援朝爱国运动。

成都市各民主党派人士一致感觉到，听了志愿军归国代表的报告，更加强了对爱国主义和国际主义的认识和抗美援朝必胜的信心。

各机关干部在听了报告后，除举行座谈会外，普遍展开了学习。学习中检查自己的思想、工作和执行爱国公约的情况。他们从归国代表的报告中受到莫大的启示

巡回报告

和教育，热烈地展开了捐款和"一人一信"的慰劳慰问运动。

新华社川西分社 3 个学习小组，在一个小时内就捐献 90 多万元。川西卫生厅，川西第一、二两医院的工作人员，在一天内就写了 103 封慰问信。

川西军区指战员们听了报告后，一致表示决心，要做好警备工作，以巩固后方治安、镇压反革命、支持土地改革等实际行动来支援志愿军。

工人们听了报告后，纷纷展开小组讨论。他们一致对志愿军艰苦作战的精神表示最高的敬意，他们表示要学习志愿军艰苦奋斗的精神，克服生产中的困难，认真履行爱国公约，开展爱国劳动竞赛，在生产战线上打胜仗，同时掀起捐献运动。工商界决心实践爱国公约，踊跃纳税。

在归国代表留住川西的 5 天中，各界人民共捐献了慰劳金 9.6 亿元，黄金 33 两，银元 1.8 万枚，慰问品 9.6 万件，还写了慰问信 2.1 万封。

英模代表团在内蒙古作报告

1951 年 5 月 18 日 21 时 27 分，志愿军归国代表高巢、王剑魂、李激涛离开大同前往归绥。

当天晚上，大同市有 4 万多人欢送他们。市民提着几万个灯笼，把 5 公里长的路照耀得如同白昼。灯光衬映着每个人兴奋的脸庞。

火车经过内蒙古自治区的孤山子，已经 22 时多了。惯于早睡的农民却没有睡觉，他们拥挤在车站上等待着欢送志愿军归国代表。

农民王春山和一位妇女提着鸡蛋和点心上车来送代表。不料车开了，一直把他们拉到下一站，才由车站员工把他们送回去。

19 日 6 时，归国代表到达归绥市。天气还很冷，马路两边欢迎归国代表的人群已经在那儿等了两个小时。归国代表一走出车站，他们就举行热烈的欢迎会。

进城时，人们争着把归国代表抬上汽车，一路上有很多人向他们献旗、献花。

农业职业学校教员陈枫，把一枚金戒指亲手戴在归国代表的手上；奋斗中学同学于保诚，走上汽车来送给归国代表一架望远镜。

归国代表在归绥、包头两地，前后作了 7 场报告，

巡回报告

053

听众有 9 万多人。另外，他们还作了几次广播报告。

绥远省各民族各界的人民，听了归国代表讲述志愿军的英雄事迹以后，都非常感动。他们热烈地向归国代表献旗、献慰劳金，还写了许多慰问信，献出许多珍贵物品来慰劳志愿军。

归国代表在绥远的时期，归绥、包头和乌兰察布盟 3 地人民共献出锦旗 185 面，慰问信 5900 多封，慰问袋 2600 多个，慰劳金 1.5 亿元，还有贵重物品 454 件，其他物品 5.9 万多件。

包头市民何清海，献出一套价值 600 万元的医药器械；归绥市回胞杨万元，献出 3 件珍贵的新疆库车皮袄。

蒙古族群众把自己民族特用的戒刀，刻上字送给归国代表，他们还根据民族习惯献上最崇高的礼物：哈达、鼻壶、银碗等。

包头市回胞妇女马玉莲等，献了 4 条她们亲手绣上了阿拉伯文的手帕。包头市完小一群小同学，送给志愿军 10 条香烟，这是他们集钱买来的。他们说：

咱们不能让志愿军叔叔们很多人合抽一根纸烟！

许多青年要求献出自己的鲜血来急救志愿军的负伤战士。在听了归国代表的报告之后，有几个同学组织起输血队。"输血队" 3 个字刚贴出去，就有很多人来签名，有的人没有带笔，就用手指在墨盒里蘸着墨写上名字。

一会儿，他们就组成400多人的"输血大队"。包头市妇女识字班的妇女也提出要献血。

许多同胞要求跟归国代表一道去朝鲜打美国强盗，仅包头铁路工人就有120多人报名。包头市13名妇女也要求志愿赴朝。

一位48岁的妇女要求到朝鲜去。别人说："你去能干啥？"

她回答："我给志愿军洗点衣服还不行？"

17岁的回民杨泉也要求到朝鲜去。他说："我杀上一个美国鬼子，牺牲了也光荣。"

归绥市电讯局会计室提出要每天增加两小时工作。包头皮革厂职工提出要增产，支援志愿军。包头发电厂工人提出每天要省600公斤煤。

包头市的王宏在听了报告之后，立即检举他的胞兄特务王某。归绥市民武万英的院内住有一户军属，他自动提出不要军属的房租，并赠送燃料给他们。

祖国的人民在各个岗位上为争取抗美援朝反侵略战争的最后胜利作出了自己应有的贡献。

巡回报告

志愿军代表访问福建

1951 年 1 月，志愿军代表董乐辅访问福建省的建阳、福州、厦门、泉州、同安、龙岩等城市。

在 20 多天中，董乐辅看到了英勇的福建人民在建设工作中所获得的巨大成绩。他们已经基本上肃清了土匪，严厉地镇压了反革命活动，有步骤地实行着土地改革，并正以战斗的姿态紧张地克服困难，进行着国防、生产等各项建设。

7 月 5 日，董乐辅到福州时，福州人民正在热烈地听取赴朝慰问团代表们的报告。听说志愿军归国代表又来了，他们更加兴奋。

各地同胞纷纷要求和董乐辅见面，要求听他的报告，他们以一种对待亲生儿女和兄弟姊妹一样的心情来接待董乐辅。

在福建各地，董乐辅先后和 26 万同胞见面，还有 6 万人收听了董乐辅的广播报告。

在福州时，福建各民主党派，各机关、部队、学校和其他各界代表 3 万多人与居民、妇女、农民 5.8 万多人先后举行盛大的欢迎会。

许多农民是从市郊二三十公里之外赶来的。在龙岩，后田村的农民打着锣鼓到六七公里之外来欢迎董乐辅。

董乐辅路过的村庄，农民们高兴地燃放着鞭炮。董乐辅在福建期间，看到了各地同胞热烈开展捐献运动的盛况。

　　建公路局修理厂的工人，听说志愿军代表要来，即利用工余时间赶修 3 辆坏车子，把所得工资捐献出来买飞机、大炮。福建机器厂车工部工人高飞，在听过报告之后，有病还要坚持工作，班长叫他休息，他回答说：

> 我们在增产捐献时应当献出一切。比起在朝鲜的志愿军，我们的辛苦还差得远呢。

　　福州市的教育工作者，原计划在半年中增产捐献 9000 万元，最后提高到了 2.4 亿元。福州市妇女原决定捐献战斗机一架，当董乐辅离开福州往厦门时，她们提出："等董代表从厦门回来时我们完成捐献任务。"

　　7 月 21 日，她们就完成了捐献计划，到 30 日认捐总额达到了 22 亿元。捐献的金饰、房地产等还未计算在内。在捐献运动中出现了许多感人的故事。

　　福州鼓楼区妇女陈明贞，说服婆婆捐出 3 幢房子。少桥区妇女周景春，挑了一大担破铜废铁送到区妇联会，里面有从家里搜罗到的几百枚铜元、两枚银元。她当场脱卜金耳环一对，一起捐献。

　　各地同胞除了热烈捐献飞机、大炮之外，还献出许多心爱的物品来慰问志愿军。福州市民主妇女联合会一位同志献出福州市长送给她的一个日记本。这是她准备庆祝她爱人第一部著作出版时的礼品。

另一位女同志献出她珍藏了 8 年的一个景德镇小花瓶和一块"北寺塔"镇纸。她在给董乐辅的信里写道：

> 抗日战争中最艰难的时候，我都没丢掉它……我想将来同我最心爱的人生活在一起时摆在桌上。今天我觉得世界上还有什么人比你们更可爱呢？你代表了人民的心，传达了志愿军同志许多生动事迹，你是我最敬爱的人，我要送给你……

另一位妇女从手指上取下金戒指，要董乐辅代她带给志愿军战斗英雄郭忠田。

厦门一位华侨妇女把一枚钻石戒指戴到董乐辅的手上。厦门的小学生献出 300 多件他们自己的美术作品。福建省抗美援朝分会陈绍宽主席，将 4 架望远镜送给志愿军。

最难得的是龙岩后田村农民，他们献出了最宝贵的革命纪念品，一支曾在 1929 年起义时用过的铁矛。

董乐辅在福建时期，各地人民献给志愿军的锦旗有193 面，给志愿军的慰问信有 1400 多封。其他物品更多，仅福州市就有金饰、文具、药品、衣物等 3300 多件。

一位福州人写信给董乐辅：

　　无论如何要请你把我的一颗热爱志愿军的心带到前方去。

　　董乐辅十分感动，他在当时的《人民日报》上发表文章说：

　　福建省的同胞们，同志们，我保证把福建全省1200万人热爱志愿军的心情带回朝鲜前线去；我一定要把福建人民努力参加抗美援朝运动的情况以及我在福建耳闻目击的许多感人的事例，告诉志愿军全体指战员。

巡回报告

归国代表在徐州作报告

1951 年 7 月 13 日，中国人民志愿军归国代表团代表高巢、王剑魂、王有根抵达徐州，在徐州活动 3 天，作报告 8 场，他们向 18 万人传达了中朝战士英勇杀敌的情况。

7 月 24 日，中国人民赴朝慰问团第三分团代表王树德、胡星原抵达徐州，在徐州活动 6 天，作报告 20 场，有 13 万人直接听到他们的报告。

归国代表还召开广播大会一次，有 10 余万人间接听到报告，参加欢迎和欢送的达 5 万余人。

1952 年 3 月 14 日，中国人民志愿军第二次归国代表团华东分团第三组代表张海等和朝鲜人民访华团华东分团第二组代表李荣根等抵徐州，作报告 9 场，向 11 万余人介绍中朝战士在朝鲜前线的辉煌胜利和英雄事迹，并慰问在徐州的志愿军伤病员，访问志愿军军烈属。

通过一场场的报告，徐州全市人民认清了美帝国主义在朝鲜的种种暴行，受到了深刻的爱国主义、国际主义和革命英雄主义教育，有力地推动了各项工作的开展。

经过教育发动，全市各阶层人民群众的爱国热情空前高涨，纷纷响应党和政府的号召，从人力、物力和财力等各个方面积极支援朝鲜前线。

1950 年 11 月 18 日以来，徐州工人俱乐部的签名桌旁，每天都被围得水泄不通，人们争先恐后地填写志愿书，到 25 日，计 8 天时间，共 396 人，均以不同的笔迹，写出一个决心：

参加人民志愿军，抗美援朝、保家卫国。

他们中年龄最大的 52 岁，最年轻的 17 岁。12 月 11 日，徐州市总工会、青年团徐州市委发出通知，号召全市青年工人、学生响应中央军委、政务院和青年团中央、全国学联以及全国总工会的号召，参加各种军事干校。经过各级组织宣传发动，全市青年工人、学生有 1400 余人踊跃报名，有 272 人被批准参加军事干校，于 12 月底至 1951 年 1 月初陆续离徐。

1951 年 6 月 24 日，中央人民政府政务院首次发布决定，号召全国青年工人、学生参加各种军事干校。

6 月 26 日青年团徐州市委发出号召，徐州市学联发出告全市同学书，全市各学校掀起参军高潮。

从 6 月 30 日至 7 月 1 日，仅 3 天时间，徐州第一、二、三中学，铁路中学，培正中学，联合中学，昕昕中学等报名人数达 2090 人，有 176 人被批准，于 7 月 16 日离徐。

在此期间，徐州郊区青年踊跃参军，1951 年至 1953 年共有 812 人被批准参军入伍。徐州市医务界有 167 人报

巡回报告

名参加赴朝医疗队，最后只被批准19人，于1951年5月22日离徐赴朝。

铁路工人有百余人自动报名赴朝，最后被批准的汽车驾驶员22人赴朝支援前线。

为了慰劳在风雪中浴血抗敌的中朝战士和救济在废墟上饥寒交迫的朝鲜难民，保卫世界和平反对美国侵略委员会徐州市分会、市总工会、市妇联，响应抗美援朝总会1950年12月4日和1951年4月12日发出的通知，分别发出号召，开展慰劳、救济运动。

各级组织和广大人民群众，积极行动起来，纷纷捐钱献物，用做慰劳和救济。

7月13日和24日，中国人民志愿军回国代表团和中国人民赴朝慰问团先后来徐州9天，把徐州捐献运动推向了高潮，许多人捐款捐物，有的把自己心爱的贵重物品献给人民志愿军。

各界人民纷纷写信给志愿军表示他们的决心。1951年10月，徐州市举行抗美援朝菊花展览义卖。11月28日徐州体协举行球类义赛，把义卖、义赛所收款项也全部捐献。

到1951年年底，全市共为中朝战士和朝鲜灾民捐款4亿元，缝制满装慰问品的慰问袋3700袋，写慰问信1.48万多封。同年新年和春节，全市又开展了大规模的拥军优属运动，人民群众又向志愿军捐款3500多万元、猪肉1186.5公斤。

1951 年 6 月 1 日，中国人民抗美援朝总会向全国发出"捐献飞机、大炮"的号召后，徐州市各界人民表示坚决拥护和积极响应。

6 月 20 日，徐州市召开各界人民第二次抗美援朝代表会议，一致决议，在 1951 年年底以前捐献飞机 9 架，折款 135 亿元。

全市人民立即积极行动起来，铁路、市郊、铜山县、工商界先后召开会议，制订落实计划，并成立增产捐献委员会，具体领导此项工作。捐献主要是以增加生产、增加收入为原则进行的。

农民则围绕爱国丰产运动，以多打粮食、多搞副业来捐献飞机、大炮。市郊七区决定让每亩地增产一成粮食，争取在半年内超额完成 1.4 亿的捐献任务。

铜山县保证捐献"铜山号"战斗机一架；该县八区高孝慈变工组把高粱锄到 6 遍至 7 遍，每亩增产 10 公斤粮食；一区农民郭世墨多搞副业生产，贩卖西瓜，将赚得的 10 万元全部捐献。

工商界是以改善经营、增加生产、减少开支作为捐献的主要办法；煤油业、麻袋业、南货业等以改善旧的经营方式，争取薄利多销，扩大营业额；食品水果业动员全体业户减少开支，一个月就节省 400 万元。

妇女界提出捐"徐州妇女号"战斗机一架，许多过去不参加劳动的都组织起来参加生产，拉平车、打石子、纳鞋底、缝军衣、洗衣服、养鸡、喂猪、开荒种地，以收入的一部或全部捐献。

文教界则以举行义演、义赛、义卖、写稿作为增产捐献。

医务界捐款450多万元，捐献药品4大箱。广大群众纷纷自动捐献：崔淑其晴天打石子，阴天纳鞋底，每天捐100元；卞开云是打线工人，每天捐500元；孙洁民、杨春芳、张钟元捐出金戒指和金十字架；军属黄锡三贩卖火柴，每月捐40万元。

旧铁业孙普才捐出积攒的黄金1.3两和银元172枚；张兆新将遗产5000多万元捐献。到1951年12月3日，全市共捐款151.4亿元，买10架战斗机有余。

三、 军民同心

● 柴川若表示："为了保卫伟大可爱的祖国，志愿军势必坚持不懈地奋斗到底。"

● 归国代表曲竟济后来回忆说："车开动了，我才想起，忘记问这位女同学的名字。"

● 李雪三高举起鲜艳的红花，兴奋地说："全国人民把我们志愿军称为最可爱的人，你们是最可爱的人的父母，你们是最光荣的人。"

归国代表问候毛泽东

1951 年 8 月 15 日，以柴川若为首的志愿军归国代表写信问候毛泽东、朱德。

他们在信中说：

敬爱的毛主席、朱总司令：

我们以热烈的心情祝贺中国人民解放军建军 24 周年，并问候您们的健康。

我们在中国人民抗美援朝总会的帮助与指导之下，进行了抗美援朝的宣传工作。在宣传过程中，我们看到祖国的抗美援朝保家卫国运动的广泛展开，看到了运动所取得的辉煌成就。

在抗美援朝运动中，各民主党派、兄弟民族在毛主席的旗帜下，更表现了空前的巩固团结，并为抗美援朝贡献出一切。

归国代表在信中指出：

爱国主义生产竞赛的热潮，创造了新的生产纪录。广大农村胜利完成了土地改革，农民们开展了丰产运动。青年知识分子大批参加军事干部学校，使祖国的国防建设增加了新的力量。商人们也开展了捐献飞机大炮的运动，提早完成税收任务。许多小孩子在镇压反革命运动中捉特务当了小英雄。宗教界也参加了轰轰烈烈的抗美援朝游行示威。祖国的草原上和边疆上的人民也都掀起爱国的热潮，响应祖国的一切号召。这是党领导的胜利，是毛主席思想的伟大胜利。

抗美援朝运动的深入开展，使人民空前团结了，这是取得战争胜利、保卫世界和平的战斗力量。

他们最后说：

中国人民志愿军学习了中国人民解放军忠于祖国的英雄行为。祖国人民的支援更加鼓舞了我们。

我们一定要把祖国的情形转告前线，为争取和平解决朝鲜问题，为保卫祖国与世界和平继续战斗，争取抗美援朝的最后胜利。

军民同心

8月22日，志愿军归国代表嵇炳前、李维英、张甫向中央报告在全国各地访问的情况。他们在报告中说：

我们在西南工作两个半月，先后在重庆、成都、万县、泸州、自贡、雅安、南充、贵阳、遵义、昆明、大理、个旧、河口、丽江、保山等60多个城市作了报告。听众共410余万人，各地欢迎人数约计200万人。在报告后很多地区的人民均展开一封信运动，将报告内容传达给自己的亲友。

此外，许多听众是各地派来听报告的代表。如果平均每个听报告的人能影响一个人的话，这次全西南受到宣传的人数，至少在1000万人以上。

在这个报告中，归国代表总结了一些经验，为接下来的归国代表提供了参考。

他们在报告中指出：

报告应多讲故事，并对这些故事加以简短有力的分析综合，这样一般群众最易接受消化。我们深深体会到这种做法是很好的。据我们的经验，大家都喜欢读朝鲜前线通讯，爱听志愿军战斗故事，这已成为人民群众在抗美援朝运动中不可缺少的精神营养。

报告内容应该和当地群众过去曾遭受的痛苦，和当地群众的切身利益密切地结合在一起。

我们要和群众情感交织在一起，我们不但要教育群众，同时还要向群众学习。西南人民，尤其是少数民族人民，热爱祖国，热爱毛主席，热爱保卫祖国的战士。在前线的志愿军战士，也充满了对祖国、对人民、对我们伟大领袖毛主席的热爱。

1951 年 9 月 13 日，中国人民抗美援朝总会举行宴会，欢迎人民志愿军归国代表柴川若、嵇炳前、高巢等10 人。

该会副主席彭真、陈叔通，秘书长刘贯一及各部负责人均出席招待。

席间，彭真、陈叔通均作简短讲话。他们一致指出：

志愿军归国代表把志愿军在朝鲜前线的伟大胜利向全国人民作了传达报告，对全国人民抗美援朝保家卫国运动起了很大的推动作用。这些报告推动了增产捐献运动，提高了我国人民的爱国主义思想，希望代表们回到朝鲜前线时，把全国人民在土地改革、镇压反革命运动和各种建设事业方面的成绩，以及抗美援朝运动的情况，告慰全体志愿军指战员同志们。

志愿军代表柴川若即席致谢，他表示：

军民同心

为了保卫伟大可爱的祖国，志愿军势必坚持不懈地奋斗到底。

当时，志愿军配合朝鲜人民军在朝鲜前线打了胜仗，祖国人民在后方也同样打了胜仗。战斗岗位虽然不同，但都是为了抗美援朝保家卫国，前方的胜利鼓励了后方，后方的胜利同样鼓励了前方。

中朝英模代表抵达北京

1952 年 1 月 18 日，中国人民志愿军归国代表曲竟济等人抵达北京，和曲竟济等志愿军战士一起到达的还有朝鲜人民军的代表。

他们被欢迎的人群拥出北京车站，数不清的工人、学生、青年、妇女像潮水似的涌上来，围着归国代表的每一个人。

老大娘们包围了打红旗的田静，走在前头的一个 60 多岁的老大娘抢过"中国人民志愿军归国代表团"的红旗，骄傲地扛起来，青年们一拥而上把田静抬起来。

祖国人民也以同样高度的热情欢迎和归国代表并肩作战的朝鲜战友，人民军的一位女战士也被抬起来了。

大家激动地握手、拥抱，分不清掌声和欢呼声。一位白发的老母亲捧着队列中一位女战士的脸，仔细地端详、亲吻，激动地说：

想不到你们在朝鲜打了一年多仗，身体还这样好，我心里真高兴！

她说着说着流出了兴奋的热泪。

在火车快要到达首都的时候，曲竟济曾兴奋地想，

军民同心

我将要告诉祖国人民些什么？曲竟济后来回忆当时的情景时还记忆犹新。他说：

> 我要告诉祖国人民：我们的汽车是在白天，不是在黑夜，奔驰在朝鲜北部的一段路程上，人们是怎样以难以述说的兴奋，在谈笑中仰望着不时掠空而过的我们的银色机群；我还想把战士们的许多嘱托和叮咛告诉祖国人民。但是，一到北京车站，我被感动得不知该说什么好，就像孩子依偎在母亲的怀抱里了。

曲竟济等归国代表和首都人民见了面，在每一个集会上，在任何一个场合里，他们都可看到祖国人民热爱志愿军的真挚情感。

工人们以无比热烈的心情欢迎归国代表。石景山发电厂职工为支援志愿军，1951 年 10 月间完成增产捐献 15 亿元后，又从 11 月份起 50 天内超额增产 100 吨小米。他们听说志愿军代表来到北京，许多工友不止一次地到工会打听："志愿军同志啥时候到厂子来？"

有着三个孩子的妈妈宗志敏听到志愿军来厂报告的日期，她怀中抱着孩子、手领着孩子到各宿舍传送消息：

> 今天下午志愿军同志来我们厂了！

义昌泰纸店的青年店员郑继鑫在反贪污、反浪费、反官僚主义运动中，曾检举资方的不法行为 20 多件，他听了志愿军八勇士英勇机智守山头的故事后，他说：

我的工作还差得远，我们要学习志愿军的英勇机智，决不让资产阶级钻空子。

人们以见到志愿军为荣。清华大学有个名叫吴友华的同学，他在报纸上看到志愿军归国代表到达北京的消息，便急切地盼望着志愿军代表能早来学校。当知道自己被派为招待员时，他高兴得跳起来。他热情地陪着归国代表们参观学校，他告诉别人说：

我能和英雄们在一起，这是我最幸福的一天。

每逢归国代表讲完话，走出会场的时候，总是被夹入人群。他们开始还能从人们留出的通道中间通过；后来，归国代表往往不是走，而是被人群拥着抬着走了。他们没法记清和多少人握过手。

在一次集会后，一个 10 多岁的孩子从人群中挤出来，紧握着刘树基的手，然后他摇着手向小伙伴们说："我握到志愿军的手了！"

曾经在一次战斗中，率领全排击毁"联合国军"6

军民同心

辆坦克、一辆装甲车的特功排排长王永章，在作报告时，每讲到击毁一辆坦克，台下便响起一阵掌声和欢呼。他刚刚把话讲完，人们便拥上去争着让他签字，把最心爱的东西送给他。

青年学生给他写信，邀请他到自己家里去玩。在他给二区人民作报告的一次集会上，人们便给他挂上了"保卫和平"、"华北物资交流展览会"等五六个纪念章和学校校章。

王永章走下台来，一个三四岁的孩子，迎面跑来拍着手欢迎志愿军叔叔，王永章抱起孩子慢慢地在人群中走，孩子紧紧搂着他的脖子，亲他吻他，认真地要求他："叔叔要多杀美国鬼子"。

王永章这个在最残酷的斗争里从来没叫过苦、掉过泪的铁汉子，被孩子的话感动得流泪了。他想，祖国的孩子们是这样爱憎分明啊！

祖国人民对待归国代表真是体贴入微。冼宁因为感冒了，在作报告时嗓子哑了，连着咳嗽几声，店员工人刘书修便急忙买包止咳糖送给她。

1月22日，曲竟济和归国代表到燕京大学作报告时，因报告时间较长，校长怕耽误代表们回城里的时间，动员同学们不要出门送他们。可是，还是有许多人趁机会溜出礼堂，赶到校门口和代表们握手告别。

当曲竟济步入汽车门时，一位女同学激动地再次同他握手，曲竟济看她像有许多话要说，但时间已不允许了，她猛然地将戴着的皮手套递给曲竟济说：

　　同志，请你把我们的心和它一块带到前
方去！

"我一定把它带到前方去！"曲竟济说。
曲竟济后来回忆说：

　　车开动了，我才想起，忘记问这位女同学
的名字。实际上，这也没有什么，因为祖国人
民都是这样地热爱和关怀着我们。

　　归国代表们在回国的几天里，便强烈地感受到祖国
人民的团结同心，他们的斗志也更加高昂。

军民同心

英模代表慰问志愿军家属

1951 年 9 月的一天，天空中飘着细雨。杭州市南山路武民小学楼上，光荣妈妈邓少奶的客屋里，聚集着杭州市 12 位志愿军家属。他们怀着无比喜悦和热烈的心情，和志愿军归国代表李雪三团长等亲切交谈。

这个光荣之家的女主人邓少奶，是 11 个孩子的母亲。她穿着崭新的衣服，忙碌地张罗着，市人民政府的工作同志向大家介绍说：

这位光荣妈妈把所有的 11 个孩子都献给祖国了，其中有两个在朝鲜打美国鬼子，还立了功。

话刚说完，在座的每一个人的目光都一致集中到这位光荣妈妈的身上，对她表示无限的敬意。

在这光荣之家的洁白的墙壁上，挂着一个精美的镜框，里面夹着两张立功喜报，这是邓少奶的三儿子唐棣在朝鲜咸镜南道战役和第五次战役中获得的立功奖状。

大家目不转睛地望着它。这时，小庙巷 10 号的罗宝奎老人也忙着从棉袍口袋里掏出他儿子罗金海从朝鲜寄来的立功喜报和书信，一件一件地送给李雪三看。

看到这奖状和喜报，全屋每个人都笑逐颜开。在欢腾的笑声中，李雪三亲切地说：

> 今天我们代表你们的儿女来拜访和慰问你们。

12 位光荣的父亲和母亲，紧紧地拉住代表们的手，兴奋得流出了热泪。

光荣爸爸和光荣妈妈们最关心自己的儿女在前线战斗的情形，以及生活中的一切细节。邓少奶和高老大娘抱住女代表张潮，仔细地端详着她，拍着她的背说："你是从朝鲜来的吗？啊，脸色这样好，这样壮实，我真放心了！"

张潮说："由于祖国人民大力的支援，前方的情形，比过去好多了。"

当李雪三介绍前线胜利消息时，他的话几次被军属们的掌声所打断。李雪三高举鲜艳的红花，兴奋地说：

> 全国人民把我们志愿军称为最可爱的人，你们是最可爱的人的父母，你们是最光荣的人。我谨将杭州市人民献给我们的鲜花再献给我们亲爱的父母们。祝各位身体健康，永远光荣！

象征着幸福和快乐的鲜花，一束束地送到光荣爸爸

军民同心

和光荣妈妈们的怀抱里。

志愿军家属纷纷向代表们讲述祖国人民拥护军队和优待烈属军属的热烈情况；志愿军的家属在人民政府和广大人民的照顾下，都有组织地参加了生产，烈属军属的生活一天比一天好起来了，下城区人民政府曾经拨给烈属军属一亿元作为生产资金，开设了一个生产福利社，里面设立了麻袋加工厂、缝纫部、百货部等，解决了许多军属的就业问题。

当年一月间，社内又新设了煤球工厂、麻绳厂和豆腐坊，使下城区烈属军属的生活逐渐美满起来。谈到这件事，军属罗宝奎老先生眉飞色舞地说起他自己的家事。他家有4口人，原来生活是极贫苦的。自从区里成立了军属生产福利社以后，政府介绍他大儿子到土产公司参加了工作，又将他19岁的女儿介绍到麻纺厂做工。这样全家吃穿等问题都解决了。

罗老先生虽然有62岁了，但他的生产热情却很高，有时还到麻袋厂做个短工，缝织些麻袋。说到这里，罗宝奎先生挥动着手说："我现在有这样的日子，真是过去做梦也想不到的。"

在朝鲜前线某部任汽车驾驶员的洪金宝的母亲抢着告诉大家：她的大儿子也由军属生产福利社介绍到中国盐业公司做事。

军属们的话，使代表们深受感动，每个代表的脸上都挂着兴奋的笑容。

军属们更兴奋地谈到他们政治地位的提高。每逢节日，都有政府和人民团体的人员来访问、送礼和挂光荣灯。春节前后，杭州市将近两万名少年儿童，怀着敬爱的心情展开了给烈属军属们做一件事的活动，使烈属军属在精神上得到极大的鼓励和安慰。

浙江省立杭州女中的学生们，辛勤地帮助下城区文星巷 3 号的吴金桂老大娘做活。同学们热情地告诉她：

大哥哥在前方打美国鬼子，周围都是你的子女，有什么困难提出来，我们帮你解决。

新中国的少年儿童就是用这样火热的心在热爱志愿军的亲属。谈到这些事，12 位军属都异口同声地称赞：

毛主席教养出来的孩子都是好样的！

当李雪三询问到军属子弟的就学和保健问题的时候，中城区清泰街 112 号军属韩宝珍说："去年我患了痢疾，病很重，区政府知道了，马上把我送到杭州传染病医院里把病治好了。"

军属朱蒋氏有病，政府补助她 200 公斤大米，介绍她到上海镭锭医院治疗了两个多月，很快恢复了健康。提到军属子弟上学的事，军属葛锦春掏出他两个儿子的照片说："他们都由政府介绍到清泰街小学三年级免费

军民同心

读书。"

志愿军战士们在前方打美国鬼子，光荣爸爸和光荣妈妈在家里也积极地参加了各种工作，他们热烈地响应了共产党和人民政府的号召，并成为各种运动中的骨干。

朱泽民老先生兴奋地告诉大家："反盗窃运动中，我们下城区军属专门组织了一个宣传队，到街上进行宣传，揭发奸商暗害志愿军的罪恶。"

朱泽民是勇敢的斗士，他检举了 9 家违法商人偷税漏税的罪行。

光荣爸爸和光荣妈妈的心是坚强的，在座谈中，他们都同声表示：

子弟在前线打美国鬼子是光荣的，我们在后方一定要积极生产来支援前线。

朱泽民在回答李雪三所问的有什么话带给朝鲜的子女的时候，他简明有力地说："我们很好，要他们更英勇地杀敌。"

战斗英雄讲述战斗经历

1952 年 1 月初，中国人民志愿军归国代表团和朝鲜人民访华代表团的代表连日来在北京市的工人、学生、市民等群众大会上，继续报告他们在朝鲜前线的英勇事迹，并与北京市工人、学生举行春节联欢。

在 1 月 24 日的报告会中，中国人民志愿军归国代表、一级战斗英雄毛张苗讲述了自己在战场上亲身经历的事情。

在那次战斗中，毛张苗率领的第五连一夜穿插"联合国军"纵深百余里，经过大小 13 次战斗，俘"联合国军" 263 名、毙"联合国军" 180 余名、缴获汽车 72 辆、榴弹炮 7 门。

在五次战役时，毛张苗是五连连长，他们的任务是开辟前进道路，插向"联合国军"层层防御的中心五马峙，切断"联合国军"的退路。

在战斗前，他们积极学习兄弟部队的作战经验，全连进行了多次讨论，订出穿插作战的计划。

当年 5 月，对"联合国军"的攻势开始了，毛张苗连担负了尖刀连的任务。山地地形是复杂的，曲曲弯弯的一条又一条的山沟。部队迅速地搜索前进。

"联合国军"在去五马峙中途的一个村子亭子里布置

军民同心

了一个团的兵力，进行堵击。毛张苗的部队抛开两侧猛插"联合国军"的心脏。几位炊事员与"联合国军"遭遇，毛张苗即派六班增援，炊事员配合六班打垮了惊慌失措的"联合国军"，活捉18名敌兵。这时，正面与侧面都打起来了，"联合国军"的炮火封锁了我们的前进道路，情况十分紧急。但是，毛张苗知道对方是不了解情况，他们在恐慌中盲目地打枪打炮，只要动作迅速，坚决插进去，就会造成"联合国军"的更大混乱。

"插到对方心脏，就是胜利！"毛张苗下定决心，立即进行攻击部署。晚上可以清楚地看到对方的火力点，毛张苗立即布置六〇炮班长崔登山对"联合国军"重炮位置射击。崔登山为了不被对方发觉我的火力位置，机动地边打边前进。

为了动作快，他不用炮脚炮板，把炮筒抱在手里打，连打15发，对方的重炮阵地被六〇炮压倒了。毛张苗又命令七班插入对方侧后，解决对方炮兵阵地。

七班长包志唐率领全班奇袭敌兵，杀伤对方30余名，直插对方炮兵阵地。毛张苗率领八、九班火力猛击正面"联合国军"，在志愿军两面夹击下，"联合国军"动摇了、溃退了，毛张苗带领战士很快地占领了亭子里。此次战斗志愿军共活捉"联合国军"30多名，毙伤50多名，并缴获三门化学迫击炮。

接着，毛张苗和战士们靠着军用地图和指北针，又向柏子洞前进了。柏子洞西边700高地是伪三师一个营在守备。志愿军搜索组扑到铁丝网边，南朝鲜军还没有发觉。毛张苗布置八班迂回左侧，七班攻击主峰，全连用突然动作打得南朝鲜军没来得及反击，便被一阵密集的手榴弹打垮了。

全连经过几次战斗，弹药打光了，大家立即捡起南朝鲜军丢弃的弹药武器，不少战士换上了南朝鲜军的自动步枪。一路经过了大小13次战斗，南朝鲜军阻挡不住志愿军的前进，他们一直插到五马峙。西边是600公尺的高地，下面是由北向南的一条宽广平坦的公路。

在各路大军攻击下向西南奔逃的南朝鲜军，正是人困马乏，汽车、炮车乱成一团，毛张苗与战友突然出现在南朝鲜军面前，使南朝鲜军更加混乱了。到达了指定地点的全连战士情绪特别高涨。一排、二排迅速占领了公路两侧的高地，二班长冯玉安率领全班与南朝鲜军混战，活捉美国顾问3名。

毛张苗率领三排插到600高地南端，惊魂未定的南朝鲜军再也没勇气抵抗了，丢掉大批辎重，纷纷南逃。志愿军胜利地占领了五马峙阵地。

毛张苗讲述这件事情时，会场上不时爆发出震耳欲聋的掌声。

代表们在80多个大会上作报告，听众约有11万人。代表们的报告，鼓舞了北京市工人、学生、市民积极展开反贪污、反浪费、反官僚主义运动的热情。他们说：

军民同心

代表们报告中的每一句话和每一个字，都打动了我们的心。我们应该认真参加反贪污、反浪费、反官僚主义的运动，增产节约，以支援中国人民志愿军和朝鲜人民军。

北京市电车公司的工人们听了志愿军代表的报告后，接着就开反贪污大会。老工人马伯谦在会上对着贪污分子说：

我为了增产节约，天天拾煤屑，我拾得再多，也不够你们一个人贪污的多。志愿军在朝鲜前线，还那样爱护祖国物资，你们听到了没有？你们对得起志愿军吗？

北京某制鞋厂的代表听了志愿军和朝鲜人民代表的报告后，即进行传达，并组织讨论。工人们说：

我们再不应该浪费一块碎布，并要把鞋子做得牢牢的，送给志愿军穿。

1月28日，北京市工人、学生与中国人民志愿军归国代表团和朝鲜人民访华代表团的代表在中山公园举行春节联欢。

首先是工人、学生和代表分组联欢。工人、学生们

见到最可爱的人，都欣喜若狂，大家和代表们一起高唱
《东方红》和《金日成将军之歌》，并和代表们一起
跳舞。

中国人民志愿军归国代表团的代表们都热情地唱
《中国人民志愿军战歌》，朝鲜人民访华代表团的代表唱
了许多朝鲜歌曲，表演了许多民间舞蹈。

有些工人、学生亲热地和代表手拉着手，带领代表
们游览公园。

最动人的是工人、学生和代表们亲密交谈。工人、
学生都记下了代表们所报告的英雄事迹。他们对代表中
的战斗英雄特别尊敬，许多人请英雄签名或把英雄的名
字记在日记本子上。

最后，工人、学生和代表们在广场上举行集体联欢。
工人、学生表演了许多精彩节目，向代表们贺节。

军民同心

女战士事迹感动祖国人民

1952 年 1 月 24 日，在志愿军归国代表团的代表里，有 29 位女战士。她们的英勇事迹，赢得了全国人民的敬佩。

在医务战线上的女战士们，一天跑几十公里以至百多公里的路，从一个山沟到另一个山沟去护理伤员。在严寒的大风雪里，在山洪暴发的雨季里，她们有时忘我地工作几天几夜不休息。在"联合国军"炮火和飞机轰炸、扫射之下，她们奋不顾身地抢救伤员的生命。

荣获朝鲜民主主义人民共和国军功章的女代表于宪桂在第二次战役时，为了护理伤员，曾连续五昼夜未合眼，过度的疲劳使她的疟疾复发并昏倒在地。

当她在床上醒过来，身上高热刚一退，她又跑到病室去工作。同志们劝她休息，她说："我一想到负了伤的同志，再也躺不下了。"

第三次战役时正是冰天雪地的严寒时节，归国代表之一的刘剑辉因为昼夜护理伤员太疲劳，值夜班时怕自己打瞌睡，就站在病室门口用冷风来吹醒自己。

某部王子厚看到一个重伤员的手背上被打了个很大的洞，伤口一时很难愈合，她就要求割自己的皮去给他补伤口。可是伤员和她争执起来了："不，我流了血，不能让你再为我流血。"

她坚决地回答说：

> 同志，我是个共产党员，我们是阶级兄弟，我的肉就是你的肉！我割肉给你补伤口，不光是为了你个人，你快点好起来，可以更多地为人民立功！

这个伤员被她说服时，眼睛里噙满了晶莹的热泪。

女代表解秀梅的棉衣右上臂，直到归国时还留有一个铜元大的窟窿。这个窟窿是她在以自己的身体掩蔽伤员时受伤留下的。

那是在 1951 年 12 月的一天上午，解秀梅正从山上打柴回来，突然来了 9 架敌机，在空中两个旋还没打完，就轰轰隆隆地在病房附近投炸弹。燃烧弹把病房烧着了。这时她记起了屋里还有一个重伤员，她立刻冒着烟火冲进去，摸着伤员便往外背。

门对面是个小山，刚背到半山腰，一颗炸弹在他们身旁爆炸，气浪把他们冲倒了。她抬头一看两架敌机又朝着他们俯冲下来，她就很快地伏在伤员身上掩蔽他。

伤员说："解同志，你赶快走开隐蔽吧，别因为我再伤了你。"

她说："同志，我是个青年团员，我不能让你再负一次伤。"正说着一颗炸弹又落了下来，炸翻的土块几乎把

军民同心

她埋起来。

解秀梅醒过来第一件事就是先摸摸炸着伤员没有。但这时候，她的右臂已经受伤，手上流满了鲜血。

热爱伤员的女战士们，同样为伤员们所热爱。有的重伤员一定要把她们的指导员请来，亲自给她们请求记功。

部队里的女文工队员们，在行军时要和男战士一起，赶到部队的前头，去做沿途的宣传鼓动工作。在战斗中，她们深入到前沿阵地，代表首长，代表祖国人民去慰问和鼓励战士们。

她们的歌声和演出，成为火线上鼓舞战斗的力量。有一个文工队，曾在一天中连爬好几个大小山，轮番给部队演出 8 场。

她们到阵地上不仅给战士唱歌、跳舞，还随身带着针线给战士们缝补衣服。

在前沿阵地上只要远远地望见背胡琴的女战友，战士们的情绪立刻高涨起来。

战士们以女战士上火线的英勇精神来鼓励自己更加多立战功。战士们把祖国寄来的自己舍不得吃的饼干，拿出来请她们吃。

从事报务工作的女战士，日日夜夜守在自己的通讯机面前，把朝鲜战场上的胜利和我们伟大祖国紧紧地联在一起。她们在零下 10 多摄氏度的严寒里工作，手指冻僵了，就用拳头发报。

丁淑芬是归国代表之一，在志愿军铁道兵团指挥部某模范电话所里当女电话员。在"联合国军"的飞机把她们的工作室炸塌了一半，屋里充满了烟火时，她仍然坚守在电话交换机旁工作。

政治工作部门的女战士，一个人要做两三个人的工作。她们在伸不直腰的小防空洞里，写着、刻着、印着，几夜不睡对她们来说是很平常的事。

女代表冼宁是做报纸编辑工作的，她说："有时困得实在睁不开眼了，可是一看到自己手上拿着的是战士从火线上寄来的用纸烟盒写成的稿子，上边还沾满了泥和油时，精神马上又抖擞起来了。"

女代表张慰民是某部炮兵团的宣传干事。她生了孩子还没满月，就丢下小孩出国到朝鲜作战。在长途行军中她深入到连队去帮助工作。后来她被美军飞机打伤了头部，身体逐渐瘦弱了，但是她仍顽强地工作着，从不叫一声苦。有时别人问起关于她孩子的事来，她总是说："当母亲的谁不疼爱自己的孩子，但我到朝鲜来抗美援朝，就是为了保卫我自己和其他当母亲的人的孩子！"

在志愿军的女战士里面，有许多是青年团员，她们的英勇事迹是使人难以忘却的。

有一次，青年团员护士陈凤英，冒着美军飞机的轰炸从病室里把伤员抢救出来并安置妥当之后，刚走进防空洞，又听到洞外一个朝鲜老人娘的呼喊声，她赶快跑出来一看，老大娘正在指着她自己刚被美军飞机打燃了

军民同心

的房子，陈凤英毫不犹豫地冒着美军飞机轰炸爬上了房屋，迅速地将燃着的茅草扯下来，把火扑灭了。

在第五次战役的时候，某部一个 19 岁的女青年团员，在行军中被美军飞机打断了两条腿。当通过美军飞机激烈而又密集的炮火封锁线时，她怎么也不让别人再抬她了，她说："你们都是些有用的人呀，别因为照顾我再受了损失。"

她说着就要往担架下边滚，大家上去把她按住了。通过美军飞机封锁线后，她因为流血过多，献出了年轻而美丽的生命。

她的母亲知道女儿牺牲之后，写了一封信给和她生前一起工作的同志。信上说：

> 我的女儿牺牲了，虽然我心中极度难过，但我没有哭，因为她是为了保卫和平而牺牲的。我为我能有这样的女儿而感到骄傲。

当把这封信给全体同志宣读了之后，大家感动极了，有的战士说："母亲是英雄，才能教养出这样英雄的女儿！"

接着，另一个战士说："让我再补充一句——我们祖国是英雄的国家，才能教养出我们这样英雄的姊妹！"

归国代表慰问英雄的亲属

1952 年 1 月 25 日，在离北京城西 20 公里的香山正黄旗自然村，志愿军归国代表特等功臣庞殿臣和荣获"朝鲜人民共和国英雄"称号的朝鲜人民军战斗英雄李基殷，慰问在朝鲜前线立了特等功的功臣赵广斌的父母和妹妹。

当天上午，在香山的山坡上，一个贫农家庭里，忽然显得格外热闹。一位 65 岁的老大娘从屋里兴奋地走出来迎接客人，她便是赵广斌的母亲。

当她知道客人们是从遥远的朝鲜前线来看望她以后，她高兴极了，兴奋得落了泪。她亲切地对两位英雄说："我看到了你们，就像看到了我的儿子。"

老母亲一面说着话，忽然像想起了什么，便立即往屋里走去。不一会儿，她抱着一个镜框，框上还有好几朵大红花，框里装着她儿子立功的喜报。

那是在去年夏天，村里许多村民们热烈地敲打着锣鼓送来了赵广斌在朝鲜前线立了特等功的喜报。两位英雄看了喜报，高兴地说：

老妈妈，广斌同志在前线立了大功，这是您的光荣哩！

091

战斗英雄赵广斌是一个独生子，他光荣的老母亲和75岁的老父亲，把他送给了志愿军，让他上朝鲜前线打美国鬼子。

当他的老父亲听说志愿军归国代表和朝鲜人民代表要到村里来，老早就跑去开欢迎大会了，因此，他没能看到他儿子身边的这些英雄伙伴。

赵广斌的家原来是很贫苦的。土地改革后才分了几亩地。现在他家的地，由村里代耕，另外加上人民政府的照顾，全家的生活已不大困难了。

当志愿军特等功臣庞殿臣告诉老母亲，他曾去过赵广斌的部队的时候，老母亲兴奋地说：

你回去时告诉他，只要他好好在前方打美国鬼子，我就高兴。

两位英雄和老母亲亲切地谈了许久，直到告别时，老母亲还再三地叮嘱，要他们告诉她的儿子，人民政府对他们照顾很好，要他儿子好好在前线给人民立功。

她最后亲切地送着他们，送了很远，直到再也看不见他们的时候才回去。

老母亲的心，深深地感动了这两位出色的战斗英雄。曾经在朝鲜临津江以东坚守岩岘山高地3昼4夜的战斗中，和战友们歼灭了美帝国主义的"王牌"军美骑一师第七团 1200 余名的英雄连政治指导员庞殿臣感慨地说：

> 我好久没有看见我的母亲了，我看见她老
> 人家时，我像看到我自己的母亲一样。

以手榴弹袭击美军大量坦克的战斗英雄李基殷激动
地说：

> 这位老母亲和多少朝鲜母亲一样，她把她
> 的独生子送到了朝鲜前线，保卫中朝两国人民
> 的幸福。老母亲鼓舞儿子打美帝国主义的话，
> 更加鼓舞了我对敌人战斗胜利的信心。我深深
> 地感激着每一个中国人民对朝鲜人民热情的
> 关怀！

老母亲对朝鲜战争的关心，她叮嘱儿子的话，也正
像对千千万万战斗在朝鲜前线的志愿军说的话一样。

军民同心

归国代表团团长控诉美军罪行

1952 年 2 月 25 日，正在杭州市向广大人民作报告的中国人民志愿军归国代表团团长李雪三，和朝鲜人民访华代表团团长洪淳哲等抗议美国侵略者在朝鲜使用细菌武器的滔天罪行。

中国人民志愿军归国代表团团长李雪三说：

我对美国侵略者在朝鲜大量撒布细菌的滔天罪行，提出严重抗议。美国侵略者在朝鲜很早就使用过灭绝人性的细菌武器，但并没有挽救了它失败的命运。它受到了中朝人民部队沉重的打击和世界人民正义的声讨。我们这次回到祖国，就要向祖国人民报告美国侵略者在朝鲜所制造的各种惨无人道的罪恶行为。

李雪三表示：

我们要向祖国人民坚决表示：美国侵略者的一切阴谋诡计是吓不倒我们的，我们决心为争取朝鲜问题的公平合理的和平解决而努力！

朝鲜人民访华代表团团长洪淳哲说：

> 远在第二次世界大战期间，德、日法西斯
> 也在侵略战争中使用了细菌武器，结果仍然不
> 能挽救他们的失败。

志愿军归国代表夏光说："去年横城战役以后，我曾随部队到了春川以南地区，见到许多村庄的居民害着斑疹伤寒或回归热。居民对我们说，美国侵略军在撤退时，曾在房子里留下一些衣服，穿了这些衣服的人都得了病。显然这是美国侵略军的杀人毒计。"

接着，朝鲜人民访华代表团代表金路丁、金忠来说，他们曾在价川郡立石洞、德川郡太平洞、华川、麟蹄、金化等地发现许多居民都害斑疹伤寒、天花、回归热等传染病。

一个叫作六堂里的地方共有 70 多户居民，家家都有人得了传染病。这些地方都被美国侵略军占领过。当美军走后不久，当地居民便害起致命的传染病来了。

代表们对美侵略军这种惨无人道的暴行，感到无比的愤怒。他们说："美国侵略者这种罪恶行为，必然会受到我朝中人民部队和世界人民的严惩。"

当天，在朝鲜战地从事医疗防疫工作的中国红十字会国际医防服务队第七大队的全体医护人员发表声明，抗议美国侵略者在朝鲜前线后方大量撒布细菌毒虫的滔

军民同心

天罪行。

声明中说:

我们在朝鲜亲眼看到:一方面是美国侵略者变本加厉地对朝鲜的学校、医院、民房、无辜居民进行狂炸滥射和撒布毒性细菌等种种暴行;一方面是朝中人民部队、朝鲜人民不屈不挠地坚决反抗侵略者的英勇坚强的正义斗争。我们坚决相信,侵略者的任何穷凶极恶的野兽暴行也绝不能把爱好和平的人民吓倒。

他们最后郑重声明:

我们全体医护工作者严重抗议侵略者在朝鲜所制造的新的滔天罪行,要求全世界爱好和平的人民对侵略者予以正义的制裁,并决心进一步加强我们的防疫工作,坚决彻底地粉碎美国强盗的无耻阴谋。

该大队已决定和朝鲜人民军某医院举行联合防疫会议,具体讨论彻底消灭美国侵略者所撒布的细菌毒虫,和向附近居民进行防疫宣传等问题。

四、 重返前线

● 代表们表示："我们回到前线后，一定把祖国各种建设事业的伟大成绩，土地改革……向全体志愿军同志们作详细的传达。"

● 彭德怀对柴川若说："你们还要把祖国抗美援朝运动的情况向部队传达，这又是一件重要的任务，这对全体指挥员与战斗员是很大的鼓舞……"

● 高取金对董乐辅说："听了从祖国来的人的报告，就像自己回到了祖国一样。"

首都人民欢送归国代表

1951 年 9 月 22 日下午，应中国人民抗美援朝总会的邀请，回国向全国人民报告中朝人民部队在朝鲜前线的英勇战斗事迹的中国人民志愿军代表柴川若、嵇炳前、高巢等 10 位志愿军战士，于 16 时 10 分由北京乘车返朝鲜前线。

赴车站欢送的，有首都各民主党派、各人民团体共 17 个单位的代表 200 多人。

自 1951 年 3 月初开始，志愿军归国代表分成三组，赴各地报告中朝人民部队在朝鲜前线并肩作战的英勇事迹。柴川若、董乐辅、窦少毅 3 人去华东、中南，历时 175 天；嵇炳前、李维英、张甫 3 人去西北、西南，历时 170 天；高巢、王有根、李激涛、王剑魂 4 人去华北，历时 105 天。

到 1952 年年初，一批批归国代表团回到祖国，他们共到了 24 个省，经过 172 个市、县，行程合计 5.1 万公里。西北远及中苏边境的伊犁和南疆帕米尔高原下中印边境的喀什城，西南直达云南西部中缅边境的龙陵、芒市与红河边上中越交界处的河口市，及东南沿海一带。

他们在各地参加欢迎大会及作报告 729 场，广播讲演 28 次，举行小型座谈会 130 次，共计参加各种集会

907 次。

　　各地人民直接与他们见面并听到报告的有 1025 万人，听到广播的 3000 万人以上，参加欢迎欢送的有 800 万人。志愿军代表每到一地，都有人山人海的群众队伍欢迎，如苏州、西安、昆明、梧州等城市都是 10 多万人参加欢迎欢送。扬州、芜湖、洛阳、迪化都是 10 多万人的城市，参加欢迎的人数就有七八万。

　　农村也是一样。川西各县，苏北沿江地区，广东、福建沿海地区及湘西山区，几乎所有的村庄都有人参加欢迎。

　　祖国人民对志愿军代表特别爱戴和关怀。他们每到一地，就受到当地人民热烈的慰问。仅志愿军代表亲手收到的慰问物品，就有慰问金 1109 亿元，慰问信 50 多万封，慰问品 20 多万件，慰问袋 10 多万个，象征光荣和胜利的鲜花 2 万余束，还有大批的书籍、报纸和其他珍贵的礼品。

　　志愿军代表在各地所作的传达报告，对各地的抗美援朝运动起了重大的推动作用。代表们临行前表示：

　　　　我们回到前线后，一定把祖国各种建设事业的伟大成绩，土地改革，镇压反革命，各地的优抚工作，以及全国人民热烈捐献飞机、大炮和对志愿军热爱与关怀的情形，向全体志愿军同志们作详细的传达。

重返前线

他们同时表示，为了保卫祖国神圣的国土，为了保卫远东和世界和平，他们一定要作不懈的斗争，痛歼更多的美国侵略军，以报答祖国人民的热爱。

柴川若、嵇炳前、高巢等，离京重返朝鲜前线前，对新华社记者发表谈话。他们在谈话中说：

> 我们志愿军代表在从前线回到祖国来的近半年中，走遍全国各省，到处看到我国人民抗美援朝爱国运动的伟大成就。我们在全国各地的活动是中国人民抗美援朝运动的一部分，我们的活动推动了这一运动更加深入和广泛地开展。我们，作为前后方的桥梁，沟通和密切了志愿军和祖国人民的联系，这就是我们近半年来工作的成绩。
>
> 我们现在要回到朝鲜前线了。敌人正在千方百计阻挠和破坏开城停战谈判，继续坚持其侵略政策。我们回去之后，一定要把全国人民对志愿军的热爱和希望，把祖国建设的伟大成就，深刻地向志愿军部队传达，使志愿军全体同志知道：全国人民是尽最大努力支援我们的，我们一定要守卫着自己的岗位，以更大的力量来打败敢于进犯的敌人，我们一定把自己的全力贡献给争取和平和保卫和平的庄严事业。

在谈话中，归国代表对抗美援朝运动提供了3点很好的意见：

1. 抗美援朝运动决不能因现有的成绩而松懈。美帝国主义永远是中国人民的死敌，它永远不会放弃其侵略中国的阴谋……

2. 爱国公约要更加具体化，切合各人、各户、各地的具体情况。捐献运动要依靠增产，不强调掏腰包，不摊派，不妨碍学习。优待烈属军属主要是做好代耕，组织生产和介绍职业，不能单纯依靠救济。

3. 捐赠给前方的物品，要合乎战士们的实际需要，例如精神食粮方面，可以多捐抗美援朝小册子或连环图画等通俗易懂的书画；慰问信内容要更加实际具体，这样才能更有力地鼓舞战士们；慰问的物品最好是能够吃或用的东西。

这些意见对于抗美援朝运动的开展提供了很好的参考。

重返前线

归国代表向彭德怀汇报

1951年10月9日，中国人民志愿军归国代表柴川若等向朝鲜人民军最高司令官金日成和中国人民志愿军彭德怀司令员及志愿军总部各首长，报告他们归国半年来的工作及中国人民抗美援朝运动的情况。

柴川若说：

祖国抗美援朝运动已经深入到每一地、每一人，工人们热烈进行爱国主义生产大竞赛；农民们提出增产粮食，支援前线；各界人民踊跃地参加订立爱国公约，捐献飞机、大炮，优待军属等实际行动，加强抗美援朝，为争取最后胜利而努力。

彭德怀在听取报告后对柴川若等人说：

你们已经胜利地完成了向祖国人民报告志愿军和朝鲜人民军在前线并肩作战的英勇事迹的任务。现在，你们还要把祖国抗美援朝运动的情况向部队传达，这又是一件重要的任务，这对全体指挥员与战斗员是很大的鼓舞，也是

一次很好的、很实际的爱国主义与国际主义的
教育。

最后，柴川若等把祖国人民献给彭德怀、金日成的
礼品转致他们。

10 月 27 日，中国人民志愿军归国代表柴川若等写信
给祖国人民，报告他们返抵前线后向志愿军指战员报告
祖国抗美援朝运动的情况。

这封信说：

> 我们回到朝鲜前线后，已经向彭德怀、金
> 日成作过汇报，并向部队作了 7 次报告。指战
> 员们听到祖国人民热爱志愿军和热烈支援前线
> 的情况后，都觉得好像自己也回到祖国去了一
> 次一样。

当时，某部警卫连四班长陈德发说：

> 我们离开祖国只有一年，想不到祖国进步
> 得这样快。我母亲最近来信说，要我在前方好
> 好工作，努力杀敌。这是我母亲的希望，也是
> 祖国人民的希望。我一定努力工作，英勇战斗，
> 保卫母亲，保卫祖国。

重返前线

炊事员高俊山说：

祖国人民这样热爱我们，我们一定要对得起他们。我保证把饭做好，让战友们吃饱了好打美国鬼子。

战士倪青山说：

我听了工人弟兄们热烈展开爱国主义生产竞赛的情形后，受了很大的感动。譬如今年的棉衣布又好又结实，扣子也缝得牢牢的。衣服口袋里还装着两个救急包、一个针线包。祖国人民替我们想得太周到了。我一定要消灭更多的敌人来报答祖国。

许多指挥员、战斗员在听了报告后，纷纷检查自己的决心计划。有的单位开展了一封信运动，号召每一人给祖国人民写一封信，表示自己抗美援朝的决心。

归国代表于 10 月 20 日分别到志愿军和人民军的各个部队去作报告。他们保证把祖国人民的热爱与希望告诉志愿军和朝鲜人民军的每一个指挥员与战斗员，让大家都知道我们祖国人民是在怎样支援着抗美战争的。

当时，朝鲜战场上，激烈的战斗仍在进行。"联合国军"每天发动进攻，志愿军部队仍然是英勇地艰苦地战斗着。但志愿军和人民军都是越战越强，每天都在大量地消灭"联合国军"。

归国代表还在信中说：

　　我们在祖国人民的支援下，战斗、工作和生活的条件都已改善了很多，但摆在我们面前的任务仍很重大。我们部队正在展开节约运动，以便更好地发挥祖国人民支援的物质力量更有效地打击我们的敌人。

　　当此停战谈判重新恢复之际，我们一面当力争和平，以实现全世界爱好和平人民的共同愿望；一面当严阵以待，随时准备击败敢于继续冒险北犯的敌人。我们希望祖国人民继续发挥爱国主义与国际主义精神，进一步地开展抗美援朝运动，为保卫和平、争取胜利而奋斗！

当时，志愿军归国代表王有根说："我们伟大的祖国人民对于志愿军表示了无限的热爱，他们有的把最心爱的东西送给了我们，让我们把他们的诚恳的心意，带到朝鲜前线……"王有根说出了归国代表的心声。

重返前线

归国代表回到前线作报告

1952 年 1 月 4 日，中国人民志愿军归国代表董乐辅回到朝鲜前线后，写信给中国人民抗美援朝总会和祖国人民，报告在前线工作的情况和中朝战士英勇作战的感人事迹。

董乐辅在信上说：

我们回到朝鲜前线后，就分头向志愿军和人民军各部队作报告，宣传祖国抗美援朝运动的胜利，国防建设和经济建设的成就，以及传达全国人民对志愿军、人民军的热爱、支援和希望。我们的报告也像在国内一样受到热烈的欢迎。我们每到一个部队，那个部队就举行欢迎会，部队的英雄模范、干部战士都派代表翻山越岭赶来参加。

志愿军某部排长高取金，从前沿阵地上赶了一天一夜的路来听报告。高取金对董乐辅说：

听了从祖国来的人的报告，就像自己回到了祖国一样。

每次会上，董乐辅作报告的时间总有三四个小时，但听的人总嫌不够。在志愿军某部的一个欢迎会上，董乐辅报告了五个半钟头，报告结束时，心里想同志们都是从前线阵地上赶了不少路来参加会议的，在冷风中坐了5个多钟头，该够累了，哪知道他们还要董乐辅再多讲一些。

前线的战士们就是这样地关怀着祖国的一切。

参加开会的都是部队推选出来的在战斗中最英勇的人，因而董乐辅在各个部队作报告时，也听到了许多动人的战斗故事。

高取金排长在中线东部某高地上的一次战斗里，率领3个战斗小组，抗击着成排成连的"联合国军"。他们在20多辆战车和密集炮火掩护下进攻，经过3天3夜的激战，杀伤"联合国军"140多名，粉碎了"联合国军"的攻势，我军仅轻伤5人、牺牲1人。

守卫在东线938.2高地的志愿军某部一连，从10月15日15时起，和"联合国军"激战5天4夜，歼灭"联合国军"1800多名，创造了阻击战中大量歼灭"联合国军"的光辉范例。

第一天，"联合国军"一个营的兵力向高地前沿我二排一个组轮番进攻8次，都被击退，"联合国军"被杀伤120多名。

第二天，从拂晓到黄昏，"联合国军"又以整营的兵

重返前线

力分 3 路进攻,先后冲锋达 12 次之多。在志愿军沉着英勇的反击下,"联合国军"在阵地面前遗尸 200 多具。

第三天,"联合国军"投入的兵力多到一个团,并有许多架飞机助战。"联合国军"军官发了疯似的驱赶着他的士兵,分 10 多路像赶羊群一样向我军阵地蜂拥而来,战斗空前激烈。整个山头上硝烟弥漫,杀喊声震撼山谷。

"联合国军"一批一批地倒下去了,志愿军的工事也有许多被摧毁,战士们从泥土中翻身出来,跳到弹坑里,继续向"联合国军"射击。

三排长赵德福的胸、脸、手三处负伤,血流满面,只睁着一只眼睛,但仍坚持指挥部队。四班机枪射手左胳膊被打断,他用一只手射击"联合国军"。

战斗到第四天,营指挥员打电话来问情况,连长高成山报告说:

不要紧,我们的人虽然少了,但我们的力量一点也不小,阵地一定守住!

志愿军战士就这样用无比的英雄气概战胜了"联合国军"。

中线东部志愿军某部指挥员告诉董乐辅,从 10 月 7 日到月底,该部歼灭"联合国军"8000 多名。另一支部队从 10 月 16 日到 11 月底,共歼灭"联合国军"1.2 万人。

东线朝鲜人民军在粉碎"联合国军"秋季攻势的战斗中，也同样取得了辉煌的胜利。

人民军某指挥员告诉董乐辅，仅在他们一个部队守卫的1211高地前，"联合国军"就伤亡了3000多人。

被人民军俘虏的美军官兵说："1211高地我们可以上去，可是上去之后，不是死亡就是当俘虏。"

在9月中旬，人民军某部守卫在854.1高地上，歼灭李伪军5000多人。

归国代表团的报告，给了中朝人民战士极大的鼓舞，大家都下定决心，用更大的胜利来回答祖国人民的热爱和希望。

志愿军某部二等功臣赵发盘听了报告以后说：

祖国人民把希望寄托在我们身上，我们今后一定用实际表现来报答祖国人民。

人民军某部"朝鲜人民共和国英雄"崔天方说：

听了报告后，我们进一步了解了我们伟大的友邻——中国人民雄厚的力量，感到我们的后备力量强大无比，大大地提高了我们的胜利信心。我们衷心地感谢中国人民对我们的热爱和支援。

重返前线

祖国人民对志愿军的支援，已经成为战胜敌人、战胜困难的巨大力量。当祖国的慰问信、慰问袋和物资送到前线的战壕时，战士们拿着看了又看，大家热烈地骄傲地谈论着祖国力量的雄厚，每个人都为之精神百倍。

祖国人民的慰问信给了战士们极大的鼓舞。在某高地战斗中，三连五班战士陶福负伤了，班长劝他下去，他一动也不动，后来党小组长又去劝他，陶福从衬衣口袋里掏出一封慰问信，激昂地说："你们看我怎么能下去。"

某部一个战士受了重伤，在神志不清中用手紧抓着自己的衬衣口袋。大家把他的手拉开，发现他的口袋里有一封从祖国来的慰问信，已经浸满了血渍。战士们给他拿出来烤干保存了。这位战士伤势好了一点之后，又把这封信要回去装到自己的新衬衣口袋里。

许多负了伤的战士，在还没有杀伤更多的"联合国军"，在没有将"联合国军"打退以前，为了祖国和回答祖国人民的期望，他们无论如何也不愿下火线，一定要战斗到底。

志愿军部队里，战士们还互相以祖国的慰问品温暖着彼此的心。某部八连二班出去伏击美军，杀伤了20多个美国鬼子，团首长为了奖励他们英勇机智所获得的胜利，将一袋四川某牧场出品的牛肉干送给该班。

二班战士得到这袋牛肉干，好像见到了祖国人民一样，同时也因为直接受到团首长的奖励，都万分兴奋。

但是他们认为自己的功劳和艰苦都比不上整日整夜抗击在最前沿的九连三班，于是写了一封信，把牛肉干转送给九连三班。

三班战士收到了，都非常激动，有个战士说："这包牛肉干多么伟大啊，它简直是无价之宝。"他继续解释说：

第一，它带着祖国无数人民的希望。

第二，它带着团首长的心意。

第三，它装着兄弟部队的友爱。

大家讨论了一番，为了3个伟大的心意和希望，决定将牛肉干挂在战壕门口。同时该班又掏出祖国人民慰问的两包海军牌香烟，回送给八连的兄弟班。这一种互相慰问和鼓励的行动，就是战士们勇往直前的力量源泉。

重返前线

归国代表在战场上作报告

1952 年 1 月 16 日，中国人民志愿军归国代表团代表柴川若给祖国人民写信，他在信中说：

亲爱的祖国同胞们：

我们带着祖国人民的热望，重返前线以后，就奉了彭司令员的命令，向中国人民志愿军全体指战员和朝鲜人民，报告祖国人民开展抗美援朝保家卫国运动的伟大成就和范例，传达全国人民对志愿军全体同志的嘱咐……

柴川若等回到前线后，他们在战火纷飞的朝鲜战场上，从鸭绿江到"三八线"，从东海岸到西海岸，作了 300 多场报告。直接见面听报告的代表，已经有 20 多万人，但当时，他们的工作并没有完结，正紧张地进行着。

归国代表的传达大会，多半是在夜晚或在防空洞里举行，有时在炮火掩护下，白天也开会。下雨天，他们就披上雨衣在雨中开会。

当时，朝鲜早已下起大雪，地上积雪数寸，他们就在雪地里开会。在最前线，甚至炮弹皮子飞在人群中，硫黄弹落在附近燃烧时，大会也没有停止过。

有一次，柴川若在某部作报告，有些代表从 90 公里路以外赶来，淌着大汗，喘着粗气，就走进会场，连听 5 个钟头报告。他们说："听这样的报告，3 天不吃饭，也不觉着饿。"

　　开会的仪式都很隆重，搭起主席台，把毛泽东像挂在幕布上，部队首长和英雄模范组成主席团，从各个战斗岗位上集中起来的部队，背着武器、穿上新鞋和新衣服，唱着雄壮的《歌唱祖国》和《雄赳赳气昂昂》的歌曲，以整齐的步伐走进会场，军乐队和协奏团奏着雄壮的军乐，把归国代表送到主席台上。

　　战士们欢呼："咱们的代表回来了!"有几次，战士代表献给代表鲜花，这些鲜花是特制的，有些是松树叶子扎起来的，有些是用纸扎的，有些是用缴获的铜丝电线扎起来的。

　　战士们有时还把代表们抬起来，或抢着同他们握手。归国代表不敢接受这种荣誉，战士们却说：

　　　　你们把全军的心带回祖国，现在又把祖国人民的心带回前线，你们的手，是被祖国人民握过的，握了你们的手，就等于和祖国人民握手!

　　归国代表说："荣誉属于全国人民和人民志愿军! 属于伟大的祖国和伟大的人民领袖毛主席!"

重返前线

有一次开大会，天气很冷，西北风迎面扑来，柴川若提议部队向后转，却遭到大会主席团和全体指战员意外的反对，他们说："我们出国一年多了，老是蹲在工事里，面对着敌人，现在听祖国的音讯，应该面向祖国，面向毛主席！"

志愿军听了报告以后，增强了胜利信心，他们说：

去年这个时候，我们战斗在"三八线"上，现在打了一年，美国鬼子和他的帮凶军被我们消灭了四五十万，如果敌人仍然坚持侵略政策，照这样打下去，美国鬼子被我们消灭几百万，那时，我们的敌人，不知要削弱成什么样子，而我们的祖国和全世界人民的力量，又不知比现在要强大多少倍哩！

朝鲜人民和人民军的战士听了报告以后，也十分兴奋，他们说："有伟大的中国人民全力支援，我们就什么也不怕！"

归国代表中的嵇炳前在归国期间，体重减轻了 8 公斤，他说："人是瘦了，精神却旺了！"

最近他在阵地前沿工作，3 天之内，作了 27 个小时的报告。窦少毅在苏北行政区，4 天作了 40 个小时的报告，又在最前线召开 3000 余人的大会，没有扩音设备，每次讲 5 个多钟头。

李维英重返前线后，已经讲了 200 多个小时，在东线工作时腿部负了伤，他决心坐在担架上，继续完成光荣的任务！他说："我不能辜负全体指战员的委托！更不能辜负祖国人民的委托！"

当归国代表在祖国的时候，他们深深地感觉到祖国幅员广大，人口众多，爱国情绪高涨，人人关心着志愿军，都要向志愿军致意。

归国代表回到前线，又深深地感觉到战士们怀念祖国，要听祖国人民的嘱咐。许多战士说："就听 10 天 10 夜也没有够。"

当归国代表把这个情况反映到上级时，首长便一致决定，再派遣较大规模的代表团访问全国各地。

柴川若回到前线后，许多事情深深地震撼了他，他在给祖国人民的信中最后写道：

> 让我们以无限兴奋和感激的心情，庆贺我国人民一年以来在各个战线上所取得的伟大成就，让我们团结在毛主席的旗帜下，为创造更大的成就而斗争！为争取抗美援朝的圆满胜利而斗争！

柴川若的信大大鼓舞了祖国的人民。

重返前线

英模代表转达祖国人民的慰问

1952 年 9 月，志愿军归国代表方立栋、曲云娥、李伯芸从祖国回到朝鲜。当这个消息在部队里传开的时候，大家都以无比急切的心情渴望知道祖国的消息，每个人都想能够马上听到代表的报告，每一个单位都想请代表们先到他们那里去作传达报告。

各单位的传达报告大会大部分都是在碧绿的丛林中举行的。树干上挂着毛泽东像，周围贴着各种颜色的标语，战士们都穿上崭新的军服，胸前佩着金光夺目的抗美援朝纪念章。

某部警卫团为了听报告，冒着大雨跑了 30 多公里路，连午饭也不吃，一直坚持了 8 个多小时。有几位战士病得不能起床，听说代表回来了，要求用担架把他们抬到会场来听报告。

还有不少战士连续听了好几次，他们说：

听毛主席的话，听祖国建设的胜利消息，听 100 次也不厌。

在每次会上传达的时候，归国代表都把见到毛泽东和毛泽东身体健康的消息首先告诉大家。这个消息有无穷的力量，每次都引起经久不息的掌声和"毛主席万岁"的欢呼声。这些声音震动着整个山谷，常常打断代表们的讲话。

归国代表们在报告中，详细地传达祖国人民对志愿军的嘱托和祖国两年多建设的伟大胜利。这些消息也同样地鼓舞着归国代表们。

志愿军战士挥动着拳头高喊：

感谢祖国人民对我们的全力支援，坚决保
卫我们伟大的祖国。

在报告时，归国代表朗诵描写祖国的工人兄弟和农民兄弟以高度忘我精神增加生产支援前线的诗：

一滴油，一丝线，
全是咱们的血和汗；
节省一点是一点，
打击美帝援朝鲜。
一块钢，一块铁，
节省一寸是一寸，
增加财富援前方。

听了这首诗以后，许多战士说：

重返前线

我们深深地体会到我们在前线所用的每一颗子弹，所吃的每一颗粮食，都渗透着祖国劳动人民的血汗，我们要更加提高爱护物资节约物资的观念。

大家纷纷表示：

不浪费一颗弹，不损失一粒粮，更沉重地打击美国侵略者。

战士们都认为做一个志愿军是光荣的，但更感到做一个志愿军的人民功臣更是无比的光荣。

当归国代表说到祖国人民喜欢问"同志，你在朝鲜立过功吧"以及祖国的小朋友们也最喜欢听志愿军的英雄、功臣讲自己的杀敌事迹时，战士们十分激动。

通过这次归国访问以及回到朝鲜前线的报告工作，归国代表和志愿军战士进一步看到了祖国的伟大，更深刻地体会到志愿军会愈战愈强。

从每一个战士到每一个国内的人民，大家深刻地体会到：我们祖国的每一寸土地都是可爱的，绝不能让任何敌人侵犯，也有力量不让敌人进犯。

军民万众一心，胜利的曙光已经在战场上显露。

参考资料

《抗美援朝的故事》 陈培军著 湖北少年儿童出版社

《抗美援朝战场日记》 李刚著 解放军文艺出版社

《光辉的榜样》 本书编写组 中国文史出版社

《青年毛泽东》 高菊村等著 中央文献出版社

《青年英雄的故事》 中国青年出版社编 中国青年出版社

《青年的榜样》 中国青年出版社编 中国青年出版社

《朝鲜战争实录》 解力夫著 世界知识出版社

《血与火的较量：抗美援朝纪实》 栾克超著 华艺出版社

《王平回忆录》 王平著 解放军出版社

《当代中国的抗美援朝战争》 柴成文等著 解放军出版社

《开国第一战：抗美援朝战争全景纪实》 双石著 中共党史出版社

《伟大的抗美援朝运动》 中国人民抗美援朝总会宣传部 人民出版社